Thomas Tschüsikowski

„Meine Zahlen"

Kapitel 1: Meine Zahlen

Kapitel 2: Mein erster Tag als Millionär

Kapitel 3: Der Autohändler

Kapitel 4: Meine Villa

Kapitel 5: Urlaub

Kapitel 6: „Umdenken"

Kapitel 7: Verkauf

Kapitel 8: „Alles auf Rot!"

Kapitel 9: Spanien

Kapitel 10: Meine Tochter

Kapitel 11: Comeback in Starnberg

Kapitel 12: Hochzeit

Kapitel 1. Meine Zahlen

3, 5, 7, 22, 30, 42, Zusatzzahl 17

Superzahl: 9

„Verdammte Scheiße, das waren doch meine Zahlen", dachte ich mir beim Verlesen in der Tagesschau. Ich musste umgehend checken, ob ich diese auch so gespielt hatte oder aus Versehen doch andere nahm. Es war aber besondere Vorsicht geboten, denn sollte mich Fortuna wirklich geküsst haben, wollte ich nicht teilen. Nicht dass ich geizig gewesen wäre, aber ich lebte in Scheidung. Meine Frau hatte mich mit unserem Nachbarn betrogen. Genau aus diesem Grund wollte ich auch nicht, dass sie etwas erfährt oder sogar noch etwas abbekommt.

ZDF-Videotextseite 558, Lottozahlen. Ich hatte richtig gehört und vor allem auch noch so getippt. Sechs Richtige mit sämtlichen Zusatzzahlen die es so gab. Jetzt hieß es kühlen Kopf bewahren und was noch viel wichtiger war, den Schein verstecken. Der geeignetste Platz dafür war meine schmutzige Wäsche. Seit ihrem Auffliegen hielt sie es nämlich nicht für nötig für mich zu waschen. Eine besonders verkackte Unterhose war deshalb das ideale Versteck. Hier würde sie nie hinkommen, da war ich mir sicher. Mein Verhalten durfte sich natürlich auch nicht ändern. Bei einer Fünf-Liter-Flasche Schampus, die ich mir über den Kopf goss, würde sie Verdacht schöpfen. Auch aus einem anderen Grund war Vorsicht geboten. Wie oft passierte es, dass vermeintliche Lottogewinner mit sechs Richtigen nur ein paar läppische Tausend Euro bekommen hatten. Ich musste warten bis die endgültigen Quoten erschienen. Erst dann könnte ich mit dem Planen anfangen.

Ich war Sachbearbeiter in einer kleinen Spedition und der Liebling meines Bosses. Immer wenn besondere Aufgaben anstanden war ich der richtige Mann. So auch am Montag. Es war eine wichtige Besprechung angesagt und der Kaffee ging aus. Für diesen Fall gab es nur eine Person, mich! Natürlich hätte ich mich auch weigern können, nur war meine Probezeit noch nicht zu Ende und auf dem Arbeitsmarkt ging nicht viel. Ich musste erst meinen Gewinn wissen, um eine Welle machen zu können. Nach meinem Besuch bei Aldi, schaute ich auf die Webseite von Lotto. Noch war nichts zu lesen. „Was würde ich mir alles kaufen, wem würde ich was geben?", überlegte ich mir auf dem Klo. „Meine Ex bekommt einen Tritt in den Arsch. Danach zünde ich mir, vor ihren Augen eine Zigarette mit einem Fünfhunderter an!", beschloss ich beim Abtröpfeln. Meine Kollegin wartete ebenfalls schon auf die Quoten. Sie hatte einen Dreier und wollte ebenfalls wissen was sie bekommt. „Wenn die blinde Nuss schon etwas trifft, kann es für meinen Sechser nicht viel geben", dachte ich mir und begrub die Idee mit meiner Ex wieder.

„Und, schon was erfahren?", fragte ich sie.

„Ne, aber im Radio haben sie gesagt, dass der Jackpot geknackt worden ist. Drei Tipper haben sechs Richtige!"

„Scheiße, gleich drei", dachte ich mir!

„Wenn die das schon wüssten, würden auch bald die Gewinnquoten bekannt gegeben. Dann könnte ich hoffentlich bald in die Offensive gehen", überlegte ich.

Nach der Mittagspause hatte meine nette Kollegin ein Paar neue High-Heels an und ich fragte sie, was diese denn gekostet hätten.

„Schauen geil aus, oder? 390 Euro. Habe ich mir von meinem Gewinn gekauft."

„Weißt schon, was du für deinen Dreier bekommen hast?", fragte ich sehr interessiert. Ich wartete schließlich auch auf die erlösende Antwort.

„Nicht so viel, 258,86 Euro. Den Rest habe ich draufgelegt, muss das nur noch meinem Alten erklären", lächelte sie mich diebisch an.

~ 7 ~

Ok, die Quoten waren draußen. Dies bedeutete, dass ich gleich erfahren würde, wie es in meinem Leben weiter geht. Müsste ich weiterhin den Voll-Horst für meinen Chef spielen, oder könnte ich für den Rest meines Daseins die Sau raus lassen.

Lotto.de

Gewinnquoten Samstagsziehung:

Ich wollte es spannend machen und deckte den Bildschirm mit einem Blatt Papier ab. Langsam schob ich es weg und erkannte eine zwei. Könnten jetzt Zweihunderttausend sein, wäre ja auch nicht ganz so schlecht. Die zweite Zahl war eine sieben. Zweihundertsiebzigtausend??? Es folgten eine fünf, eine acht, eine eins, und zweimal die sieben. Verdammt die Zahl war siebenstellig. Ich hatte zwar in der Schule nie besonders gut aufgepasst, aber so viel wusste ich noch. Eine siebenstellige Zahl war irgendetwas mit Millionen! Ich zog den Zettel komplett vom Bildschirm und sah sie in voller Größe:

Gewinnquote 1. Rang: 2.758.177 Euro

„Verdammte Scheiße, ich bin Millionär", dachte ich mir. Und nicht nur so ein popliger, sondern einer mit ganz vielen Millionen. Da es kurz vor fünf Uhr war, ich mein Tagessoll bereits erfüllt hatte, beschloss ich erst mal nach Hause zu gehen.

An der Wohnungstür traf ich auf meine Ex-Frau und wollte diese natürlich auch begrüßen.

„Na alte Fremdvöglerin, alles klar? Bin froh wenn die Scheidung durch ist."

Jetzt war ich tatsächlich froh, dass bald der Termin beim Familiengericht anstand. Erst dann konnte ich meine Kohle auf den Kopf hauen. Bis dahin war erst mal totales Stillschweigen angesagt. Ich war alleine in der Wohnung und konnte in aller Ruhe nachschauen, ob mein Millionenscheinchen noch da war. Tatsächlich, mein Albtraumeheweib hatte nicht gewaschen, hätte mich auch gewundert.

Auf der Couch, mit einem Gläschen Bier, fing ich das Überlegen an. „Wie komme ich an die Kohle ran? Lottozentrale anrufen, die sollen das Geld gleich überweisen!", schoss es mir durch die Birne. Es war bereits 17.30 Uhr, trotzdem wollte ich mein Glück probieren.

„Lottozentrale Bayern, was kann ich für Sie tun?", hörte ich am anderen Ende der Leitung.

„Ich hab gewonnen, aber mal so richtig. Wann kann ich den Schotter holen?" Auf eine Begrüßung oder sonstige Floskeln verzichtete ich. Die Zeit war schließlich kostbar.

„Hallo, erst mal! Ja dann kommen Sie am besten zu uns, dann klären wir das persönlich", gab mir die Telefonsumsel Auskunft. Geile Antwort! Hätte gedacht die überweisen sofort auf mein Konto.

„Kann ich wenigstens nen Vorschuss haben? Ich meine, dass muss doch erst mal gefeiert werden", fragte ich die freundliche Mitarbeiterin erneut. Dies wiederum wurde genauso freundlich, wie energisch abgelehnt. Wir machten einen Termin für den nächsten Tag aus.

Die Nacht war ziemlich unruhig. Was malte ich mir nicht alles aus? Die Lottozentrale brannte ab, ein fataler Computerabsturz löschte meinen Gewinn oder das Land Bayern meldete über Nacht Zahlungsunfähigkeit an und konnte somit meinen Gewinn nicht mehr auszahlen. Diese Gedanken waren die Highlights in einer Reihe von Albträumen.

Endlich war diese furchtbare Nacht zu Ende. Ich war so aufgeregt, dass ich sogar meinem Ehebrecherweib einen guten Morgen wünschte. Soviel Aufmerksamkeit hatte ich ihr in den letzten Wochen nur einmal entgegengebracht und zwar, als ein Kaktus nach ihr geworfen wurde. Dementsprechend schaute sie mich auch an und fragte ob alles in Ordnung sei.

„Ja klar alles bestens, geh jetzt gleich zur Arbeit und mach mich wieder acht Stunden zum Volldeppen." Wenn die alte Schlampe die Wahrheit wüsste wäre das eine Katastrophe! Genau deshalb war mein erster Weg an diesem Tag auch nicht der zur Lottozentrale, sondern zur Bank. Ich brauchte ein eigenes Konto auf das die alte Natter keinen Zugriff hatte. Mein zuständiger Bankberater kannte mich seit Jahren. In regelmäßigen Abständen besuchte ich ihn und bat um Aufstockung meines Krediftes. Genau aus diesem Grund verstand er es auch nicht, warum ich jetzt ein zweites Girokonto eröffnen wollte.

„Gibt aber keinen Dispo, das muss Ihnen schon klar sein", ermahnte er mich mit starren Augen.

Zusätzlich erinnerte er mich, endlich auf meinem eigentlichen Konto wieder in den tolerierten Bereich zu kommen. Ich nickte brav und dachte nur: „Du kleiner Pisser wirst mir spätestens nächste Woche den Arsch pudern, verlass dich drauf!"

So, Konto war eröffnet. Jetzt musste noch Geld drauf. Das konnte nur der kleine Schein in meiner Hand für mich erledigen. Wie fährt man standesgemäß zu der

~ 11 ~

Stelle, die einem gleich fast drei Millionen Euro übergibt? Mit der Straßenbahn!!! Denn mein Bargeldbestand war genau 5,38 Euro! Das alte Narbengesicht von Bankberater spuckte keinen weiteren Kredit aus. Das wiederum würde er bald bereuen, da war ich mir sicher!

Die Lottozentrale war genau vor meinen Augen. Wie oft stellte ich es mir in meinen Träumen vor da einfach reinzugehen und den Schein auf den Tisch zu knallen. Jetzt war es tatsächlich so! Die Mitarbeiterin vom Empfang war genauso freundlich wie gestern am Telefon. Sie begleitete mich in einen Raum und bat mich zu warten. Nach einer Weile kamen dann auch zwei Schlipsträger und begrüßten mich recht herzlich.

„Also Sie sind der Glückliche, den Fortuna geküsst hat?"

„Die hat mich nicht nur geküsst, die hat mich vollgesabbert mit ihrem ganzen Glückssaft!"

Ich übergab meinen Schein den beiden Herren, sie verglichen die Zahlen miteinander.

„Herzlichen Glückwunsch! Sie sind unser Gewinner."

„Ja klar bin ich der, oder glauben Sie ich bin nur hier, weil die Aussicht so schön ist?"

~ 12 ~

Nach endlosem Geschwafel, das ich doch vorsichtig mit dem Geldausgeben sein soll und weiteren rechtlichen Belehrungen, die mich genauso viel interessierten, übergab ich ihnen meine Bankverbindung.

„Ich denke, morgen müsste das Geld auf Ihrem Konto sein", sagte der Chefschlipsträger und verabschiedete sich von mir.

„Morgen bin ich Millionär, morgen können die mich alle so was von am Arsch lecken!", geiler Gedanke. Genau in diesem Moment klingelte mein Handy und ich sah die Nummer meines Bosses auf dem Display. Ihm jetzt schon die Meinung zu geigen war nicht der richtige Zeitpunkt, das wollte ich dann doch lieber persönlich machen. Deshalb ging ich auch mit einem Hüsteln ans Telefon:

„Ja Chef, was kann ich für Sie tun?", winselte ich ihm entgegen.

„Ja natürlich komme ich morgen wieder ins Büro, ist nur eine kleine Grippe mit vierzig Fieber. Das ist nicht so schlimm und wenn Sie morgen jemanden fürs Kekse holen brauchen, werde ich Sie natürlich nicht enttäuschen!"

„Wenn du kleines Pissgesicht wüsstest", dachte ich mir beim Auflegen. Da weder meine Bank, noch die

~ 13 ~

Lottozentrale einen Vorschuss ausspuckte, fuhr ich auf demselben Wege nach Hause wie ich auch gekommen war. Mit der Straßenbahn. Aber diesmal schwarz, da ich überhaupt kein Geld mehr hatte. Ich schaute aus dem Fenster und beobachtete die Welt mit ganz anderen Augen. Letzte Woche sah ich einen Mercedes oder Porsche noch ganz anders als jetzt. Ich wusste, spätestens morgen könnte ich solche Schlitten auch fahren und wenn sie mir nicht mehr gefallen, knalle ich sie einfach an den nächsten Baum und kaufe mir einen anderen. Dieser Gedanke war so geil, dass ich gar nicht bemerkte das bereits seit fünf Minuten eine Seniorin vor mir stand und mit ihrer Krücke wedelte. Die alte Hexe beharrte auf ihr Recht sich auf den Behindertenplatz setzen zu dürfen. So einfach wollte ich aber meinen Sitzplatz nicht aufgeben und so ließ ich mir erst mal den Schwerbehindertenausweis zeigen. Und siehe da! Sie hatte keinen. Erst hier einen auf „super-behindert" machen und dann keine amtlichen Papiere vorlegen können. Auch sämtliche Beleidigungen seitens der anderen Fahrgäste konnten meine Meinung nicht ändern und so blieb ich bis zum Ende der Strecke auf meinem Platz sitzen.

Zuhause wartete bereits eine andere Überraschung auf mich. Mein geliebtes Ex-Eheweib war beim Packen. Nicht nur dies. Ihr Neuer war auch in unserer gemeinsamen Wohnung und half. Er war ein gutaussehender erfolgreicher Anwalt, auf den die Frauen flogen. Das musste ich neidlos anerkennen. Genau aus diesem Grund wollte sie auch eine schnelle Scheidung, um diesen Scheißtypen rasch heiraten zu können. Auf gar keinen Fall wollten die beiden auf das Ende des Trennungsjahrs warten. Bis vor kurzem lehnte ich alle Angebote ab, die mir diese zwei Kasper unterbreiteten. Aber das Blatt hatte sich nun gewendet, deshalb hörte ich genau hin, was der Paragraphenscheißer mir so alles anbot. Er machte seinen schwarzen Aktenkoffer auf, holte ein Bündel Geldscheine hervor und knallte diesen auf den Tisch.

„Fünfzigtausend Euro für eine Unterschrift. Das ist viel Geld für einen kleinen Hering wie dich", blufft er mich an.

„Die Kohle nehme ich, aber was soll ich unterschreiben?"

Mit meiner Unterschrift verzichtete ich auf alle sonstigen Ansprüche und willigte gleichzeitig einer schnellen Scheidung ein. Es war so, als würde ein verliebter Freier eine Nutte bei ihrem Zuhälter freikaufen. Ich tat so als ob mich das Angebot nicht sonderlich interessierte, da ich immer noch auf eine Versöhnung hoffte. Anscheinend war mein Schauspiel

~ 15 ~

doch sehr überzeugend, denn das Angebot wurde umgehend erhöht. Am Ende standen wir bei 75.000 € und dem gegenseitigem Verzicht auf sämtliche Forderungen. Besser konnte es nicht laufen. Ich hatte die Alte von der Backe, sie konnte mir nicht mehr ans Leder und gleichzeitig schneite es noch extra Kohle. Das musste gefeiert werden, und zwar ausgiebig. Ich rief meinen besten Freund an um mit ihm um die Häuser zu ziehen.

Kapitel 2. Mein erster Tag als Millionär

Mit ungefähr zwei Promille Restalkohol in der Blutbahn kam ich am darauffolgenden Tag ins Büro. Meine Kollegin schaute so, als ob sie noch nie einen Mann mit BH über den Kopf gesehen hätte. Anscheinend mussten wir in irgendeinen Nachtclub gelandet sein, denn meine Abwrackprämie, die ich für meine Ex-Frau erhalten hatte, war bereits sehr angegriffen. Ich saß mich an meinen Schreibtisch und ließ erst mal einen herzhaften Rülpser los. Mit beiden Beinen auf dem Tisch fragte ich meine Kollegin ob denn der Alte schon da sei.

„Ja der Boss ist da und wartet schon auf dich. Seit fast zwei Stunden! Wo warst du denn? Der ist so sauer, wie wenn das Viagra versagt."

„Der wird gleich noch eine viel schlechtere Laune haben!", antwortete ich mit einem weiteren Bäuerchen, dass ich nie wieder in meinem späteren Leben toppen konnte. Genau in diesem Moment kam mein Vorgesetzter in das Büro geschneit und schaute mich genauso bescheuert an, wie ein paar Minuten zuvor meine Kollegin.

„Darf ich mal fragen was der BH auf Ihrem Kopf macht?"

~ 17 ~

„Fragen dürfen Sie natürlich, ich werde es Ihnen aber nicht sagen", grinste ich ihn an.

„Hat das Arbeitsamt ein paar freie Stellen, weil Sie gar so forsch sind?"

„Hör mal zu, du alter Steuerhinterzieher. Mir ist es scheißegal was das Arbeitsamt hat, denn ab heute weht hier ein anderer Wind, aber ein ganz anderer. Deinen Scheißkaffee und deine Scheißkekse kannst du dir ab sofort selber holen und mein Tag endet in Zukunft um drei."

Da hatte ich mich geirrt. Denn mein Tag endete genau zwei Minuten später, nachdem ich das ausgesprochen hatte. Ich wurde fristlos gefeuert, was mich verständlicherweise nicht sonderlich beeindruckte. Ich versuchte meiner Ex-Kollegin noch die Vorzüge des BH´s zu erläutern. Trotzdem wollte sie mein exklusives Geschenk nicht annehmen. So blieb mir nichts anderes übrig, als das Mitbringsel meinem Chef auf den Schreibtisch zu feuern. Als es so richtig lustig wurde klingelte mein Handy und so konnte ich es leider nicht mehr mitverfolgen, ob er wirklich den Sicherheitsdienst angerufen hat. Meine Bank rief an und teilte mir mit, dass ein größerer Betrag auf meinem Konto eingegangen sei. Ich sollte doch bitte vorbeikommen um dies zu besprechen. Komisch, die hatten sonst nie

„bitte" gesagt, wenn ich bei denen antanzen sollte. Da hieß es immer: „Wir erwarten umgehend Ihren Rückruf", oder sonstigen Scheiß. Und jetzt auf einmal konnten die „bitte" sagen??

Nicht nur der Filialleiter, nein sogar der Bezirksstellenoberfuzzi waren an dem großen Besprechungstisch. Ich hielt genau den Kontoauszug in der Hand, den ich mir ein paar Minuten zuvor noch geholt hatte. Und da stand es schwarz auf weiß:

Kontoauszug 1.

Stand alt: 0 Euro

Stand neu: 2.758.172 Euro H

~ 20 ~

Jetzt hatten diese Drecksäcke mir wirklich schon fünf Euro abgezogen, für was denn bitteschön? Ich war so erzürnt, dass ich deshalb gleich mal genauer nachfragte.

„Für was habt ihr Geldsäcke denn die fünf Euro abgebucht?", fragte ich freundlich.

„Ja äh die Gebühren waren fällig und da haben wir uns äh erlaubt das abz.."

„Das kommt wieder drauf, sehe ich gar nicht ein!"

„Ja natürlich, war ein Fehler von unserem Azubi", entschuldigte sich der Oberbanker bei mir.

War das schön. Alles was ich sagte wurde gemacht. Hätte ich gewollt, dass die beiden sich ein Baströckchen anziehen und für mich einen Limbo-Dance aufführen sollten, sie hätten es gemacht. So wie ich mich noch vor ein paar Tagen zum Deppen machen musste, machten die sich jetzt zum Voll-Horst. Was sie mir nicht alles andrehen wollten: Festgeld, Wohnungen, Mietshäuser und sämtlichen anderen Mist. Ich saß nur gelangweilt am Ende des großen Tisches und ließ mir in regelmäßigen Abständen Kaffee bringen. Die Nacht mit meinem Kumpel saß dann doch etwas tiefer. Mir wurde die Sache dann einfach zu blöd. Ich wollte meinen

Rausch ausschlafen und mich nicht um irgendwelche Gelddinge kümmern.

„Ich melde mich bei euch, und solange sauber bleiben, Jungs", mit diesen Worten verschwand ich Richtung Bett.

„Sie haben siebzehn neue Nachrichten", lallte mir die Telefonmailboxtante entgegen. „Wer um Gottes Namen ruft siebzehnmal an", dachte ich mir. Kann nur etwas Wichtiges sein. So hörte ich meine Mailbox doch recht zügig ab.

„Nachricht eins, empfangen gestern um 21.17 Uhr".

„Ey Alter, kann es sein, dass ich meine Kreditkarte gestern im Puff vergessen habe?", hörte ich meinen Kumpel fragen.

Ah, das war ein Puff und kein Nachtlokal, gut zu wissen. Das erklärte auch das Minus von 11.000 Euro.

„Nachricht zwei, empfangen um 22.57 Uhr".

„Jetzt melde dich doch mal, muss wissen ob du meine Karte hast, Penner."

Nachricht drei-siebzehn waren wüste Beschimpfungen, da ich mich immer noch nicht gemeldet hatte. „Wie konnte der nach so einer Nacht wieder so losschimpfen", dachte ich mir. Außerdem war es mir völlig wurscht, ob ich seine Karte hatte oder nicht. Notfalls würde ich ihm etwas leihen, oder sogar schenken. Leisten konnte ich es mir ja jetzt. Es war mittlerweile fast halb zehn Uhr morgens. Ich hatte siebzehn Stunden geschlafen. An diesen Rhythmus konnte man sich durchaus gewöhnen. Nachts feiern und dann den halben Tag verpennen. Ich machte den Fernseher an und griff zu meinem Handy. Es dauerte keine zwei Sekunden, da war mein Puffbruder am anderen Ende der Leitung.

„Schön, dass du dich auch mal meldest! Hast du meine Karte?"

Mit einem lauten Gähnen und einem beherztem Kratzen am Sack, verneinte ich diese Frage. Ich war mir zwar nicht sicher, da immer noch nicht nachgeschaut wurde, mir war es aber auch egal!

„Scheiße, dann hab ich die verloren. Kannst mir was leihen, bin total blank?"

„Ja klar, wie viel brauchst denn?"

Jetzt war er aufgeschreckt. Bei dieser Frage kam normalerweise immer eine andere Antwort. Jetzt auf einmal hätte ich Geld, um ihm aus der Scheiße zu helfen? Total verdutzt fragte er mich nochmal:

~ 23 ~

„Was, du kannst mir was leihen? Hast der Nutte von gestern das Geldsäckchen geklaut?"

„Ne, habe im Lotto gewonnen. Fast drei Million!", sagte ich beiläufig und sehr trocken.

„Ja genau und Schalke wird Europameister."

„Schalke ist eine Vereinsmannschaft, die können gar nicht Europameister werden, du Messias des Sportes."

„Gut, wenn das so ist leih mir doch Hunderttausend", versuchte er mich aus der Reserve zu locken.

„Kein Problem. Ich komme heute Abend zu dir, dann kannst die Kohle haben. Aber jetzt lass mich in Ruhe, bin noch saumüde."

Er glaubte mir das immer noch nicht, denn drei Minuten später bekam ich eine SMS:

„Ist ja super, dass du mich so verarscht! Bring wenigstens nen Hunni mit, hab echt nix mehr zum Essen."

„Der wird sich noch wundern", dachte ich mir.

Im Fernsehen kam gerade die siebte Wiederholung von „Familien im Brennpunkt". Genau der richtige Zeitpunkt um mein Mittagsschläfchen vorzuverlegen. Ich stellte meinen Wecker auf 15.00 Uhr. Meine Lust darauf war sehr überschaubar, musste aber leider so sein, da die Kohle für meinen Kumpel noch von der Bank geholt werden musste. „Das war aber auch das letzte Mal in meinem Leben, dass ich mir einen Wecker stellen müsste", schwor ich mir und versuchte das Programm aus meinem Handy zu löschen. Ging aber nicht.

„Ole, ole ole ole, wir fahrn in Puff nach Barcelona, ole ole!!"

„Dieser scheißdrecks verdammte Weckton", dachte ich mir und hämmerte auf mein Mobiltelefon. Es war wirklich schon drei Uhr nachmittags, ich musste tatsächlich aufstehen. Da ich keine Frau mehr hatte und selber noch nie eine Waschmaschine bediente, war saubere Wäsche nicht mehr vorhanden. „Für einen kurzen Bankbesuch würden aber locker die graue Jogginghose und das schmutzige T-Shirt reichen", dachte ich mir und suchte diese unter der Couch.

Die Bankangestellte konnte sich das Lächeln kaum verkneifen, als sie meine Bitte hörte.

„Hunderttausend?? Die italienische Lira ist seit Jahren abgeschafft, wissen Sie das nicht?", bog sie sich vor Lachen. „Oder wollen Sie lieber hunderttausend japanische Yen?" Jetzt stützte sie sich mit beiden Armen am Schalter ab und lief rot an vor lauter Lachen.

Ich konnte ihre Späße nicht ganz nachvollziehen und sah sie deshalb an wie eine Schlange ihre Beute, kurz vor dem Zubeißen. Auch die anderen Mitarbeiter versuchten die Dame zu beruhigen, indem sie ihr wilde Handzeichen gaben.

„Hunderttausend Euro und das ZZ", wiederholte ich meine Bitte.

Bevor sie ein weiteres Mal sämtliche Währungen aufzählen konnte, wurde sie sanft zur Seite geschoben und es bediente mich der Filialleiter jetzt höchstpersönlich.

„Der neue Lehrling weiß noch nicht wie man mit Kunden umgeht", versuchte er seine Mitarbeiterin zu entschuldigen. „Wie darf ich Ihnen das Geld denn geben?"

„Am besten schnell und ohne blöde Sprüche", antwortete ich sehr genervt. Diese dumme Schleimerei ging mir so was von auf den Sack.

„Nein. Ich meinte in welcher Stückelung?"

„Alles in Fünfer!"

~ 26 ~

Ein leichtes Räuspern wurde mir entgegengeschleudert. Der Bankfuzzi berichtete mir, dass er so viele Fünf-Euro-Scheine nicht hätte und ich bis morgen warten müsste. Dies wiederum würde auf gar keinen Fall gehen. Sollte ich bis abends das Geld nicht haben, würde mein Kumpel mir überhaupt nichts mehr glauben können. Deshalb ließ ich mir den Betrag in Hundertern, und Fünfhundertern auszahlen. Ich nahm den Schotter und versuchte ihn in meine Jogginghose zu stopfen, was mir aber nicht ganz gelang. Den Rest nahm ich in die Hand und pfefferte ihn gedankenlos auf den Beifahrersitz. Dort lagen nun hunderttausend Euro. Noch vor ein paar Tagen hätte ich meine linke Niere dafür verkauft. Jetzt hatte ich so viel Geld, dass ich mir alles kaufen konnte und trotzdem nicht an meine Eingeweide musste.

Als ich gerade den Motor anmachen wollte klopfte es an die Fahrertür. Zwei Polizisten signalisierten mir, dass ich doch bitte aus dem Auto kommen sollte. Ich tippte auf mein Handgelenk, um damit den beiden Ordnungshütern mitzuteilen, dass ich für diesen Scheiß jetzt keine Zeit hätte. Sie tippten im Gegenzug auf Ihre Hüfte, wo sich die Pistolen befanden. Ich fand, sie hatten die besseren Argumente und beschloss deshalb der netten Bitte nachzukommen.

~ 27 ~

„Ihr TÜV ist seit zehn Monaten abgelaufen, haben Sie das nicht gesehen?", fragte mich einer von den beiden Schießbrüdern.

„Und haben Sie nicht gesehen was neben mir liegt? Damit kann ich die kompletten TÜV-Prüfer bestechen, wenn ich Lust hätte."

Ich stand mit einem alten Auto und einem Haufen Bargeld vor einer Bank. Mein Outfit war auch nicht das Beste. Selbst ich musste erkennen, dass das ziemlich merkwürdig aussah.

Unfassbare drei Stunden dauerte das Verhör auf der Polizeistation. Was sie mir nicht alles vorgeworfen hatten? Banküberfall, Steuerhinterziehung, Kindesmissbrauch, Beamtenbeleidigung. Erst als ich mir Telefonnummern sämtlicher Staranwälte kommen ließ, wurden alle Anklagepunkte wieder fallen gelassen. Bis auf die der Beleidigung. Aber dafür konnten sie mich nicht festhalten und mussten mich gehen lassen. Aus meiner Hose zog ich zwei orange Scheine und warf sie auf den Tisch.

„Jungs, geht mal ins Puff. Das entspannt mordsmäßig. Dann verhaftet ihr auch nicht immer irgendwelche Unschuldigen".

~ 28 ~

Jetzt hatte ich nicht nur eine Beleidigungsklage, sondern auch Bestechung am Hals. Diese megageile Aktion verhinderte natürlich ein pünktliches Erscheinen bei meinem Kumpel. Elf Kurznachrichten und drei Anrufe waren während meines Polizeibesuches auf meinem Handy. Während ich dem Polizeioberwachtmeister auf die Schulter klopfte, tippte ich eine SMS:

„Komme gleich. Hatte noch Ärger mit der lieben Justiz, was für Pisser! P.S. Was gibt's denn für Beamtenbeleidigung?"

Natürlich litt meine Glaubwürdigkeit ein wenig. Und so wunderte es mich auch nicht, dass mein bester Kumpel mich besonders musterte, als er mich sah. Da stand ich nun, mit ausgebeulter Jogginghose und dreckigem T-Shirt und wollte ihm weismachen, dass er gleich hundert Mille von mir bekommt.

„Schaust aus wie ein Penner. Hast den Hunni dabei?", fragte er mich.

„Warum den Hunni?"

„Weil ich nichts mehr zum Fressen habe, wie oft denn noch??!!"

~ 29 ~

„Ach so! Ja hier sind meine Autoschlüssel. Liegt auf dem Beifahrersitz, hol es dir!"

Ich setzte mich auf seine abgeranzelte Couch und wartete bis er wieder kam. Nach fünf Minuten war es dann auch soweit. Mit offenem Mund und zitternden Händen stammelte er irgendetwas, was ich kaum verstand.

„Das, das sind Hunderttausend!"

„Ne Neunundneunzig. Tausend habe ich den Bullen für´n Nuttenabend gegeben."

Er hielt das Geld in den Händen, so wie ein Teenie ein Kondom und wusste nicht, was er damit anfangen sollte.

„Das sind hunderttausend Euro, für mich??"

Ihm jetzt nochmal die Geschichte mit der Polizei und den Tausend Euro zu erzählen ersparte ich mir und gab ihm einen Klaps auf den Hintern.

„Ja mein Süßer, nur für dich. Habe im Lotto gewonnen und du sollst auch nicht leben wie ein Hartzler!"

„Was soll ich dafür tun?"

„Ja nix. Wenn du aber willst kannst ein Baströckchen anziehen und mir nen Limbo-Dance vorführen." Die Banker von heute Vormittag kamen ja ungeschoren davon, weil ich noch so müde war.

„Ja krass, dann sag ich doch mal Danke." Er gab mir einen Kuss auf die Wange, ich musste deswegen fast kotzen. Wir überlegten, was wir denn mit dem angebrochenen Abend noch anfangen sollten. Wie viele Ideen hatten wir, als wir noch arme Säue waren. Jetzt wo wir reich waren fiel uns nichts ein.

„Komm wir fahren zur Tanke, kaufen sämtlichen Schampus und bespritzen die Leute auf der Straße damit", schrie ich erfreut auf. Endlich eine gute Idee, die ich mal hatte. Auch er fand diese nicht so schlecht und wir machten uns deshalb auf den Weg zur nächsten Aral.

Man konnte es kaum glauben. Die Tankstelle unseres Vertrauens hatte exakt drei Flaschen, und die waren auch nur Sekt, und kein Champagner. Enttäuscht sahen wir uns an und begruben den Gedanken wieder. Was sollten denn die arglosen Passanten denken, wenn wir sie nur mit Sekt besauen? Mir wäre das peinlich! Völlig traurig schaute ich durch die Gegend, ob nicht etwas anderes zu haben wäre. Meine Blicke trafen auf die Waschanlage, zugleich schoss es mir durch den Kopf.

~ 31 ~

Draußen war es bullenwarm, eine Abkühlung würde uns allen gut tun.

„Chef, ich will für drei Stunden die Waschanlage mieten! Was willst haben?", sprach ich zum Kassierer.

Er hatte einen genauso bescheuerten Gesichtsausdruck wie die Banktussi von heute Nachmittag. Ich musste dringend was mit meiner Bekleidung und dem Auto machen. So ging das nicht weiter.

„Ja was ist jetzt? Drei Stunden Waschanlage für Fünfhundert, ist das ok?", fragte ich erneut, den noch immer ziemlich doof guckenden Mitarbeiter.

Ich knallte den Schein auf den Tresen und sah in seinem Schweigen die Genehmigung.

„Komm, lass uns a bissi Schaumparty machen", schrie ich meinen Kumpel an und nahm mir noch einen Sixpack aus der Kühle. Der war bestimmt inbegriffen im Preis. Sämtliche Schaumpartys in irgendwelchen Diskos waren ein Scheißdreck gegenüber dem, was wir veranstaltet hatten. Innerhalb kürzester Zeit waren wir so viele, dass ich noch die zweite Anlage anmieten musste. Jeder war glücklich. Der Tankstellenbetreiber konnte bis Mitternacht seine Anlagen vermieten, wir hatten mit fünfzig Anderen einen coolen Spaß. So ging

~ 32 ~

der erste Tag als Millionär standesgemäß zu Ende und ich freute mich auf weitere solcher Tage.

Kapitel 3. Der Autohändler

Die halbe Stadt suchte den neuen Lottomillionär. Seit in mehreren Radiostationen bekannt gegeben wurde, dass es jemand aus unserer City war, der den Jackpot geknackt hatte, waren alle heiß, zu erfahren, wer es denn war. „Ja was glauben die? Soll ich allen von diesen Schmarotzern etwas geben? Bestimmt nicht!" Ich war schon froh, dass meine Ex keinen Wind davon bekam. Ihr Winkeladvokat würde bestimmt versuchen den Aufhebungsvertrag anzufechten. Die Gedanken über meine Geheimhaltungsaktionen hätte ich mir aber sparen können, denn als ich mein Handy anmachte, waren siebenundvierzig neue Nachrichten drauf. Mein Schaumparty-Freund hatte unseren kompletten Freundeskreis informiert. Ich erhielt Nachrichten von Leuten, die ich jahrelang schon nicht mehr gehört hatte.

„Genau ihr Pisser, sich nie melden wenn ich mal etwas gebraucht habe und jetzt aus heiterem Himmel anrufen", dachte ich mir und löschte erst mal 45 dieser Bittsteller-Nachrichten. „Die können mich mal so was von am Arsch lecken", beschloss ich. Zwei Nachrichten kamen in die engere Wahl. Ein Kumpel wurde gerade Vater und wusste nicht mehr, wie er alles bezahlen sollte. Da er mir in der Vergangenheit auch öfters mal half, konnte er jetzt sicherlich auch mit meiner Hilfe rechnen. Eine weitere Nachricht erhielt mehr Aufmerksamkeit. Eine MMS: Ein Foto von meiner Ex. Sie im knappen Bikini, im Arm von ihrem Neuen. Darunter der Text:

„Sind mal kurz auf den Malediven. So was konntest du mir nie bieten…!"

Wenn die Alte wüsste. Wenn ich Bock hätte könnte ich diese Insel kaufen, und danach in die Luft sprengen. Aber sie wusste es nicht, und das war auch gut so!

Ich machte den Fernseher an um zu erfahren ob nicht irgendein Tsunami die Malediven bedrohte. War leider nicht der Fall. Ich hatte aber ein viel größeres Problem. Erstens hatte ich nichts Sauberes mehr zum Anziehen und zweitens wurde mein Auto zwangsstillgelegt. Die zwei grünen Beamten machten ihre Drohung war und schickten mir die Zulassungsstelle auf den Hals. Ich musste mir überlegen was ich zuerst erledigte. Klamotten kaufen war, wie für jeden anderen Mann auch, der absolute Horror. Also beschloss ich das Autoproblem als erstes anzugehen. „Die graue Jogginghose würde durchaus noch ein paar Tage gehen", dachte ich mir.

Der Taxifahrer schaute mich genauso an, wie sämtliche Personen zuvor, als ich in sein Auto einstieg.

~ 35 ~

„Und wohin? Ich denke mal zur nächsten Obdachlosenstelle, oder?", begrüßte er mich.

„Schnauze und fahr los", war meine Begrüßung.

Auch nach dem vierten Mal konnte er das Fahrziel nicht ganz glauben.

„Poooorrssscccchheeeeee Zentrum", versuchte ich es ihm langsam beizubringen. Vielleicht hätte ich doch vorher kurz zu C&A schauen sollen? Er wollte die Fahrt im Voraus bezahlt haben, was wiederum scheiterte, da er nicht auf Fünfhundert wechseln konnte. Ich erzählte in Ansätzen meine Lebensgeschichte der letzten zwei Wochen. Er glaubte mir und fuhr mich ohne Vorschuss zu meinem ausgewählten Ziel. Unterwegs wechselte ich noch den Schein bei meiner Schaumparty-Tankstelle und konnte somit die Fahrt auch vollständig bezahlen.

Da stand ich nun im Verkaufsraum. Eingerahmt von Luxusschlitten, mit denen man den halben Schuldenstand Deutschlands begleichen konnte. Irgendwie fühlte sich kein Verkäufer für mich zuständig. Selbst dem Pizzaboten wurde mehr Aufmerksamkeit geschenkt. Als sich ein Verkäufer nicht mehr rechtzeitig in Sicherheit bringen konnte und direkt vor mir stand, fragte ich ihn, was er denn an Provision für ein verkauftes Auto bekommen würde.

„Fünf Prozent!", antwortete er mir sehr knapp.

„Schade, dann haben sie gerade Siebentausend in den Sand gesetzt!", antwortete ich mit einem arroganten Lächeln und ging zielstrebig auf einen anderen Verkäufer zu. Der hatte unser Gespräch mitbekommen und ließ sich auch nicht durch meine Bekleidung verunsichern.

„Was kann ich für Sie tun?"

„So einen Brumm-Brumm hätt ich gerne, in schwarz." Ich zeigte auf das neueste Modell des 911.

„Ja gerne mein Herr. Der Listenpreis dieses Fahrzeuges beträgt 120.000 Euro."

Lange Pause bei meinem Gesprächspartner. Er vermutete wohl eine schnelle Flucht aus den Geschäftsräumen.

„Muss ich zur Bank oder nehmen Sie auch einen Scheck?"

„Da Sie Neukunde sind, wäre es besser, wenn Sie vorher eine Überweisung tätigen, mein Herr."

Wir gingen zu seinem Schreibtisch um den Kaufvertrag zu machen. Da fiel es mir siedend heiß ein. Was würde ich denn machen wenn die Karre mal kaputt geht? Ich musste auf alle Fälle vorbereitet sein und bestellte deshalb gleich zwei von diesen Super-Flitzern. Zweimal dieselbe Farbe fand ich aber langweilig, so entschied ich mich für die Farbe Rosa. Ein nagelneuer 911 in Rosa! Einfach geil!

Mit großen Augen sah mich der Verkäufer an und fragte mich mindestens viermal, ob die Farbwahl endgültig sei. Ich bestätigte dieses.

„Der schwarze wäre sofort lieferbar, der in rosa dauert ein wenig.

„Warum?"

„Wegen der Farbe!!"

Verstand ich zwar nicht ganz, musste das aber so hinnehmen.

Alles andere würde er in die Wege leiten, wenn die Überweisung eingegangen sei, meinte er weiter.

„Haben Sie einen besonderen Kennzeichen-Wunsch?", fragte er mich.

„Ja! M-GS 911!"

„Ok, aber warum GS? Ihr Name lautet doch ganz anders?"

~ 38 ~

„München-Geile Sau 911!"

„Aha? Ok, machen wir für Sie."

Verliert man seinen Humor, wenn man in einem solchen Autohaus arbeitet? Keine Ahnung! Auf alle Fälle stand sechs Wochen später ein rosa Porsche 911 mit dem amtlichen Kennzeichen M-GS 911 auf dem Hof des Händlers.

Kapitel 4. Meine Villa

Mittlerweile war ich seit fast vier Monaten Millionär. Die Zeit war cool. Die Nachbarn gewöhnten sich langsam an den rosa Porsche, nicht aber an die lauten Partys, die ich mehrmals in der Woche gab. Obwohl ich sie immer einlud kam keiner von den buckligen Brüdern. Gut, der Altersdurchschnitt lag bei fünfundsiebzig und keiner dieser Rentner wollte sich von barbusigen Damen einseifen lassen. Was ich bis heute nicht ganz verstehe. Blieben genau zwei Möglichkeiten:

Erstens, ich gewöhne mich an die Andenken in meinem rosa Lack oder zweitens, ich ziehe um. Eventuell in eine Gegend, in der nicht so verbitterte alte Leute wohnen, die keinen Spaß verstanden.

Nach einer weiteren Party, und einem weiteren Gruß in meinem Autolack entschloss ich mich, dieser Gegend den Rücken zu kehren. Eine Zeitungsanzeige sollte mir dabei helfen. So erschien am nächsten Samstag folgender Text in der Süddeutschen:

„Suche großes Haus, mit Pool, Tennisplatz und alles weitere was ein Multi-Millionär so braucht. Bis 1.000.000 Euro."

~ 40 ~

Manch so ein Gipskopf dachte wirklich er könnte mich um sieben Uhr morgens schon mit seinem Angebot überzeugen. Ich machte denen unmissverständlich klar, dass sie bereits aus dem Rennen waren. So eine Unverschämtheit konnte ich mir beim besten Willen nicht gefallen lassen. Die Makler, die zu einer christlichen Zeit anriefen, wurden natürlich auch angehört. Unfassbar! Was musste ich mir nicht alles für ein Geschleime anhören. Die Meisten drückte ich nach einer gewissen Zeit einfach weg. Ich konnte es einfach nicht mehr mit anhören. Eine Dame gefiel mir. Sie war sehr arrogant und unfreundlich. Das fand ich gut, ich war schließlich genauso. Sie sagte mir kurz um was es gehen würde und wir verabredeten uns für den nächsten Tag.

Ich hatte noch nie einen Menschen so blöd schauen sehen, als ich mit meinem rosa Porsche die Einfahrt einbog.

„Ist das Ihr Auto?", fragte mich die Maklerin mit großen Augen.

„Ja, cool, gäh??!!"

„Ja äh, sehr außergewöhnlich. Dann befürchte ich nur, dass Ihnen die Außenwandfarbe der Villa nicht gefallen wird. Die ist stinknormal weiß."

„Kein Problem, kann mein Freund ja ummalen", antwortete ich knapp.

Wir gingen in das Haus. Oh nein, ich bitte um Verzeihung, in die Villa natürlich und ich sah mich um. Der erste Eindruck war ganz ok. Die Zimmeranzahl bewegte sich bei elf. Wenn alle ein wenig zusammenrücken würde das schon gehen. Der Pool im Keller war ein wenig klein, die Sauna zu kalt. Was aber sicherlich daran lag, dass diese gar nicht an war. Bei mir würde sie 24 Stunden am Tag brennen. Wenn ich etwas hasste dann war es warten. Eine Bowlingbahn konnte ich auch noch erkennen. Für den Anfang machte die Hütte einen wirklich guten Eindruck. Blieb nur noch die Frage wie der Garten, bzw. der von mir geforderte Tennisplatz aussah. Beim ersten Betreten des Rasens traf mich fast der Schlag.

„Was issn des?", fragte ich die Verkäuferin.

„Äh ein See???!!"

„Das war aber so nicht abgemacht. Was ist das für einer und was macht der überhaupt hier?"

„Das ist der Starnberger See!"

Scheiße, ich war in Starnberg. Konnte mich gar nicht erinnern wie ich da hingekommen bin. Die Gesetze, dass man unter Drogeneinfluss nicht Autofahren durfte, machten schon irgendwie Sinn. Ich verzog das Gesicht, wie ein Kind, dem man gerade den Lolly geklaut hatte und sah mich um. „Was sollte ich denn mit einem direkten Seezugang anfangen?", dachte ich mir. Anscheinend konnte die Maklerin meine Gedanken lesen oder zumindest die Zweifel an meinem bescheuerten Gesichtsausdruck erkennen, denn sie versuchte zugleich meine Bedenken zu zerstreuen.

„Bei dem Kaufpreis von 980.000 Euro ist das Motorboot enthalten."

„AHA??!!"

„Hören Sie zu, guter Mann. Sie wollen eine Million für ein Haus ausgeben, da müssen Sie nach Starnberg. In anderen Gegenden bekommen Sie für dieses Geld ein ganzes Schloss und das wollen Sie bestimmt nicht, oder?"

Da hatte sie Recht. Was sollte ich mit einem Schloss? Gut, so schlecht war es gar nicht. Im Sommer konnte ich gleich zum Baden und musste nicht mit dem einfachen Volk ein Schwimmbad teilen. Der Tennisplatz war sehr gut, ein Rasen so, als ob der Wimbledon-Platzwart selbst Hand angelegt hätte. War nur scheiße, dass ich gar nicht Tennisspielen konnte. Ich hatte auch nicht vor es zu lernen. Sportarten bei denen man sich bewegen musste waren überhaupt nichts für mich. Aber es machte sich einfach gut einen Tennisplatz sein Eigen zu nennen, was sollten denn sonst die Nachbarn denken? „Genau die Nachbarn", schoss es mir durch den Kopf.

„Wer wohnt denn hier noch und wer sind meine direkten Nachbarn?", fragte ich die Immobilienhehlerin.

„In der direkten Nachbarschaft wohnen Schauspieler und sehr bekannte Sportler. Namen kann ich jetzt aus Diskretion noch nicht nennen."

Schauspieler und Sportler, ob die sich von meinen Damen einseifen lassen würden? Aber Kratzer im Autolack würden sie nicht hinterlassen, weil sie selber solche Schlitten fuhren, da war ich mir sicher. Mir gefiel die Villa immer besser, nur mit der Lage konnte ich mich noch nicht so richtig anfreunden. Laut Tacho waren es 86 km zu meinem alten Haus und somit auch zu meinen Kumpels. Sich schnell mal auf ein Bier treffen würde nicht mehr so einfach gehen. Vor allem, weil es ja nicht bei einem bleibt! Müsste ich dann immer bei einem Freund oder im Hotel übernachten? Ich war hin- und hergerissen. Auf der einen Seite eine echt geile Hütte, auf der anderen meine Kumpels, die ich nicht mehr jeden Tag sehen konnte. Gedankenvoll schritt ich über den Rasen (ab zwei Millionen schreitet man und geht nicht mehr), da kam mir der entscheidende Gedanke. Ich könnte meinen Tennisplatz opfern und dafür einen Hubschrauberlandeplatz bauen. So wäre ich schnell bei meinen Saufbrüdern und könnte trotzdem hier wohnen. Ich war von diesem Gedanken so begeistert, dass ich gleich die Maklerin fragte, ob das denn überhaupt ginge.

„Ich denke nicht, dass Ihre zukünftigen Nachbarn von dem Fluglärm begeistert sind", gab sie mir ihre Bedenken zu verstehen.

„Das ist mir scheißegal. Ich kauf das Haus und versenke die Jacht gleich danach".

„OK, wenn Sie meinen. Nach dem Notarvertrag haben wir damit nichts mehr zu tun."

„Was bekommen Sie als Provision, wenn ich das Häuschen kaufe?", fragte ich beiläufig in die Runde.

„Zwei Prozent vom Kaufpreis, also knapp Zwanzigtausend!"

„Dann ist aber ein Abendessen drinnen, oder?" Ihre arrogante Art gefiel mir so was von gut. Ich musste diese Frau einfach näher kennenlernen.

~ 45 ~

„Und was sagt Ihr Freund dazu?"

„Welcher Freund?"

„Ja der Freund, der die Hauswand rosa anmalen soll!"

An diesen Satz konnte ich mich auch nicht mehr erinnern, genauso wenig wie ich nicht mehr wusste, wie ich hier überhaupt hingekommen bin. Ein Wechsel meines Dealers war oberste Priorität.

„Ach so, Sie meinen ich wär einer vom anderen Ufer? Ich schnupf zwar alles was Kolumbien so hergibt, aber schwul bin ich bestimmt nicht! Ich kann die Leute nicht ab! Was ist jetzt mit Essen?"

„Nein danke. ICH bin eine vom anderen Ufer, ich bin lesbisch!"

„Scheiße!!", aber voll in die Kacke gelangt!

Ich kaufte die Villa trotzdem. Irgendwie hatte ich ein schlechtes Gewissen wegen dem blöden Spruch. Das Boot blieb unterdessen unversehrt. Auch die Hauswand wurde nicht rosa angestrichen.

Der Umzug gestaltete sich als nicht so kompliziert, denn es fand gar keiner statt. Alle Sachen, die sich noch im alten Haus befanden, wurden durch einen Entrümpelungsdienst fachgerecht entsorgt. Das neue wurde mit sämtlichen Dingen ausgestattet das ein Multimillionär so braucht. Zwei Zimmer wurden zu einem zusammengelegt und ein Kino daraus gemacht. Von einem Casino in Las Vegas kaufte ich ausrangierte Geldspielgeräte und einen Pokertisch. Alleine von den Frachtkosten hätte ich eine kleine Mittelmeerinsel kaufen können. Nach und nach wurde aus meinem Häuschen ein wirklich kleines Schmuckstück. Ich fühlte mich sauwohl, wenn nicht immer der elend lange Fahrweg zu meinen Kumpels gewesen wäre. Gut, ich hätte mir einen Chauffeur zulegen können, aber dafür war ich noch zu jung, glaubte ich. Blieb eigentlich nur der ursprüngliche Gedanke mir einen Hubschrauber zu kaufen. Was würden denn so Dinger kosten? Ich hatte keine Ahnung. Ein Blick in das gute alte Internet verschaffte mir Klarheit. Echte Schnäppchen waren da zu haben. Ein Angebot gefiel mir besonders. 250.000 Euro für einen gebrauchten Heli, der noch nicht so viele Flugkilometer drauf hatte. Der Verkäufer war ein ehemaliger Promi, der mit seinem Geld nicht umgehen konnte. „Wie kann man nur so dämlich sein", dachte ich mir. Da Kollege „Pleite" wohl sehr dringend frisches Geld benötigte, konnte ich ihn auf 220.000 Euro runterhandeln. Ich musste ihm nur versprechen, dass ich seinen Piloten behalten würde. Ja sollte ich denn den Vogel selber fliegen? Selbst ein Spielzeughubschrauber landete bei mir regelmäßig an einer Hauswand oder im Baum.

Nach wie vor konnte ich Sportarten, bei denen man ins Schwitzen kommt, nicht ausstehen und so hatte ich auch keine Probleme den Tennisplatz zu opfern. Ein geeigneter Start- und Landeplatz war schon mal gefunden. Es machte mich auch nicht sonderlich traurig, dass ein paar Tage später die Baufirma den Platz platt machte. Das Gras war mittlerweile so hoch, dass Biene Maya und Willi sich ungestört paaren konnten.

Jetzt war ich völlig ausgerüstet. Mit einem privaten Kinosaal, einem Spielcasino, direktem Seezugang und einer Betonwüste mit einem fetten „H" drauf konnte man doch durchaus leben.

Der Pilot hatte ein Jahresgehalt wie ein guter Filialleiter einer Supermarktkette. Dafür musste er aber auch etwas leisten, dachte ich mir und machte deshalb jede noch so kleine Besorgung mit dem Heli. Der Bäcker im Nachbardorf dachte sich nach ein paar Tagen auch nichts mehr, als wir auf seinem Dach landeten. Nur die Tankstelle machte regelmäßig Stress, als wir auf der Waschanlage parkten. „Dann kaufe ich mir halt wo anders Zigaretten, ihr blöden Pisser", dachte ich mir.

~ 48 ~

Meiner Meinung hatte ich bei der Heli-Idee alles durchdacht, war aber leider nicht so. Ich konnte zwar durch das großzügige Weichen meines Tennisplatzes starten wann ich wollte, nur die Landungen gestalteten sich als etwas schwierig. Keiner meiner Freunde hatte einen Parkplatz für Hubschrauber. Das konnte ich zwar nicht so ganz nachvollziehen, war aber trotzdem so. Auf den ungewöhnlichsten Plätzen sind wir gelandet. An einem Sonntag hatte ich Lust auf ein Weißwurstfrühstück mit meinem besten Freund. Wieder war seine Straße vor dem Haus mit sämtlichen Autos zugeparkt und so konnten wir nicht landen. Blieb nur noch der Vorplatz der Dorfkirche. Im Landeanflug fragte der Pilot, ob ich nicht Bock auf ein bisschen Spaß hätte.

„Ja klar, Spaß ist immer gut!", antwortete ich.

„Passen Sie auf, wir machen jetzt ein Katholiken-Jumping."

Die Kirche war gerade aus, alle Gläubigen standen vor dem Gotteshaus und unterhielten sich noch über die geniale Predigt. Bis ein Hubschrauber mit einem durchgeknallten Neureichen dort landete. Wie ein aufgeschreckter Hühnerhaufen liefen sie in alle Himmelsrichtungen. Die darauffolgenden Beschimpfungen konnte ich nicht ganz hören. Ich musste mich in Sicherheit bringen, sonst hätten mich fünfzig Bibeln und vierzig Rosenkränze am Kopf getroffen.

So cool es auch war, einen eigenen Heli zu haben, man machte sich damit nicht nur Freunde. Die Kirchenbesucher waren mir egal, obwohl sie mir einige Andenken im Lack hinterließen. Größere Probleme machten mir meine Nachbarn. Die Beschwerden über den Fluglärm häuften sich. Da denkt man immer, die ganzen Promis seien 24 Stunden auf Koks und checken nichts mehr. Weit gefehlt! Wenn nachts um drei ein lautes Flugobjekt über ihre Häuser kreist werden die zu echten Spießern.

Ich war nun mittlerweile ein Jahr hier und genauso unbeliebt wie in meiner früheren Heimat. Lag es an mir? Konnte ich mir beim besten Willen nicht vorstellen! Ich traute mich fast nicht mehr eine meiner legendären Partys zu geben, da ich Angst hatte, dass gleich wieder die Polizei auf der Matte stand. Die Anzeigen wegen Ruhestörung häuften sich, auch Sachbeschädigung war dabei. Bei der letzten Landung hatte mein Pilot den Wettergockel meines Nachbarn vom Dach geholt. Die ganze Situation machte mich fertig und ging mir so was von auf die Nerven. Da wohnt man in einem megageilen Haus und alle hassen einen, nur weil man etwas schneller von A nach B kommen möchte. Ich war es leid und brauchte erst mal etwas Urlaub.

Kapitel 5. Urlaub

„Ich würde ja gerne, hab aber echt keine Kohle mehr," antwortete mein Kumpel auf die Frage, ob er mit mir in den Urlaub fahren würde. Das war genau der Freund, dem ich ein Jahr zuvor Hunderttausend geschenkt hatte. Ich berichtige: Neunundneunzigtausend. Tausend hatte ich ihm ja abgezweigt für die Wollust der Polizei. Nach einem Jahr war der schon wieder pleite? Wie konnte das passieren? Bei einem gemeinsamen Männerabend wollte ich der Frage auf den Grund gehen. Er machte einen sehr traurigen und abwesenden Eindruck, so musste ich einfühlsam mit ihm umgehen:

„Du Drecksack, hast kein Geld mehr, warum denn das? Alles für leichte Mädchen ausgegeben?"

Ich fand meine Fragestellung sehr sanft und lieb, er leider nicht und winkte einfach ab. Wenn ich irgendwas nicht abkonnte, dann diese Handbewegung.

„Jetzt sag schon. Wie um alles in der Welt kann man 100.000 so schnell durchbringen?"

„Sagt einer, der mit dem Heli Zigaretten holt!!"

„Mach ich schon lange nicht mehr. Meinen Piloten haben sie beim Koksen erwischt, der darf nicht mehr fliegen", antwortete ich mit der gleichen Geste.

„Ich hab´s halt gebraucht und jetzt lass mich in Ruhe!"

Zwei Minuten später kam eine Frage, die mich fast umgehauen hat.

„Kannst mir nochmal was geben?"

„Wie viel?"

„Nochmal die gleiche Summe, wenn es möglich wäre, bitte!"

Schon wieder einer der bitte sagt wenn er etwas bräuchte. Mich hätte es ja wirklich brennend interessiert für was er das ganze Geld benötigte, aber er rückte einfach mit der Sprache nicht heraus. Da er mein bester und auch längster Freund war, gab ich ihm natürlich das Geld. Nur eine Gegenleistung forderte ich. Er musste mit mir in den Urlaub fahren. Nach langem Zögern willigte er ein. Er wusste, zwei Wochen mit mir konnten die Hölle sein.

Ich war saumäßig happy. Wenigstens noch einer meiner Freunde, die noch Kontakt mit mir wollten. Alle meine früheren Kumpels wendeten sich von mir ab. Ich hätte mich zu stark verändert oder sonstigen Scheiß musste ich mir anhören. Nur weil ich in einer megageilen Hütte in Starnberg wohne und gerne mal Hubschrauber fliege, sollte ich mich verändert haben? Ich denke, eher der Neid und mein gutes Aussehen hat sie zerfressen. Auf alle Fälle war ich so glücklich, dass ich nicht alleine fahren musste. So begab ich mich auch am nächsten Tag direkt in das Reisebüro. Die Dame machte einen sehr hektischen und gestressten Eindruck. Sie beriet gerade eine Rentnerin, die mit dem Zug nach Hamburg wollte. Alles passte dieser Kundin nicht und sie fragte deshalb andauernd nach anderen Möglichkeiten. Mir dauerte das alles zu lange. Ich war ja schließlich nicht im Osten und wartete auf eine Bananenlieferung. Vor mir waren noch zwei Familien, die ebenfalls Beratung brauchten. Mir wurde das einfach zu blöd.

„So, pass ma auf, du fliegst nach Hamburg. Hier sind 1000 Euro für ein Ticket und ihr anderen zwei geht erst mal ein Eis essen. Hier sind Fünfhundert, dafür will ich euch die nächsten zwei Stunden nicht sehen."

Junge, waren die schnell weg. Die Reisebürokauffrau schaute mich mit großen Augen an, sagte aber nichts. Anscheinend war sie froh, dass die Hamburg-Kundin endlich weg war.

~ 54 ~

„So, jetzt machen Sie erst mal das „Geschlossen Schild" vor die Tür. Habe nämlich keine Lust, nochmal gestört zu werden", bat ich sie freundlich.

Verdutzt saß sie auf ihrem Stuhl und harrte der Dinge die da kamen.

„Ich möchte gerne in Urlaub fahren!"

Soweit konnte sie mir folgen und zuckte nur mit den Schultern.

„Zwei Wochen Malediven, mit allem Drum und Dran."

Jetzt hatte sie schon mehr Interesse an unserem Gespräch, und ihre Augen fingen das Leuchten an. Sie schaute in den Computer um alle Angebote zu durchforsten.

„Da haben wir was! Nord-Male-Atoll, zwei Wochen All Inklusive für 7.299 Euro."

Ich runzelte die Stirn und fragte mich selber, ob ich irgendwie armselig ausschaute.

„Gibt´s was anderes? Ist nicht das Richtige, glaube ich."

„Günstiger oder eher teurer?", fragte mich die Dame vorsichtig.

~ 55 ~

Meine Finger bewegten sich nach oben und signalisierten ihr damit, dass der Preis keine Rolle spielen würde.

„Gibt es eine Obergrenze?"

„Nein!!"

Sie legte alle Kataloge zur Seite und holte einen ganz besonderen aus der Schreibtischschublade. Jetzt hatte sie ein noch fröhlicheres Gesicht und verstand nun auch endlich, um was es hier ginge.

„Angebote für ausgewählte Kunden", stand auf dem Katalog. „Endlich mal welche, die wissen was läuft", dachte ich mir.

„Da hätte ich was mein Herr. Zwei Wochen Süd-Male-Atoll, Privatinsel, für 57.290 Euro."

Das hörte sich schon mal besser an. Erstens der Preis, und zweitens die Anrede. Jetzt war sie wirklich angekommen. Nach Durchsicht der Fotos befand ich das Eiland als akzeptabel. Den Gedanken, dass 25 Angestellte den ganzen Tag um einen herumwuseln, fand ich doch recht geil. Blieb nur noch eine Frage, der Flug. Ich hatte echt keine Lust dreizehn Stunden mit dem Fußvolk einen Flieger zu teilen.

„OK. Die Insel nehme ich. Wie schaut es denn mit einem Privatflugzeug aus?", fragte ich die Verkäuferin.

Auch das war kein Problem, dank dem Katalog: „Heute hauen wir mal auf die Kacke!"

„Eine Gesellschaft bietet solche Flüge an. Auf die Malediven würde Sie das ca. 120.000 Euro kosten."

„Schien mein Glückstag zu werden", dachte ich mir. Mal ein echtes Schnäppchen gemacht und das schon am Vormittag. Ich buchte das Angebot, nicht aber ohne meine obligatorische Frage:

„Was bekommen Sie als Provision für die Buchung?"

„So knapp zehn Prozent!"

Die Frage nach einem Abendessen ersparte ich mir. Sie sah irgendwie so aus, als ob sie nicht auf Männer stehen würde. Noch eine Niederlage fand ich scheiße. Aber eigentlich war es mir im Moment scheißegal, ob die Alte lesbisch oder sonst was war. Ich wollte einfach nur die Neuigkeiten meinem Freund mitteilen. So zog ich mein Handy aus der Tasche und rief ihn an.

„Zwei Wochen Malediven, Privatinsel und Privatjet, geil oder? Und das Ganze für einen lausigen Preis, was sagst Du dazu?", brüllte ich voller Freude in die Leitung.

~ 57 ~

Ein leises „cool" hauchte mir entgegen. Irgendwie hatte ich mehr Freude erwartet. Spinnt der? Da bekommt der Sack einen Traumurlaub geschenkt und das Einzige was der sagt ist „cool"? „Undankbares Pack", schoss es mir durch den Schädel.

„Und wann geht es los?", fragte er mich mit genauso viel Elan.

„Du wirst es nicht glauben, morgen schon."

„OK, dann packe ich mal meine Sachen."

„Verdammte Hacke, was war mit dem los?", dachte ich und machte mir ernsthafte Sorgen. Ab morgen hätte ich zwei Wochen Zeit um ihn wieder so hinzubiegen wie ich ihn bräuchte, beruhigte ich mich selber.

Es hat schon gewisse Vorteile wenn man etwas mehr für den Flug ausgibt. Ich musste mich nicht mit dem gemeinen Volk am Check-In Schalter anstellen, sondern konnte gemütlich mit meinem Porsche direkt zu dem Flugzeug auf das Rollfeld fahren. Der Flug war ganz ok, auch wenn wir in eine unvorhersehbare Situation gerieten. Mitten über Afrika ging das Bier aus und wir mussten notlanden. Meinem Kumpel gefiel der Zwischenstopp gar nicht, ich dagegen bestand darauf.

~ 58 ~

„Und was kostet dich die Notlandung in Dubai?", fragte er mich entsetzt.

„Keine Ahnung, die werden mir dann schon ne Rechnung schicken", antwortete ich nicht sonderlich beeindruckt.

Nachdem der Flieger nun randvoll mit dem kostbaren Gerstensaft war konnte es weitergehen. Ich gab mir die Kante, denn die ganze Aktion sollte ja nicht umsonst gewesen sein. Über Indien war ich so blau, dass ich selber an das Steuer wollte. Durfte aber natürlich nicht! Die Landung und den Transfer zur Insel verpennte ich komplett und kam erst wieder in meiner gebuchten Suite zu mir. Wahrscheinlich hätte ich die kompletten zwei Wochen durchgeschlafen, so einen Rausch hatte ich, wären da nicht die Hotelpagen gewesen, die mir mit ihren Palmenwedel frische Luft zufächerten. Langsam kam ich zu mir und betrachtete das Zimmer und den Ausblick.

Wow, der Reisekatalog „Scheiße, ich bin reich und gönne mir mal was", hatte nicht zu viel versprochen. Türkisblaues Wasser und feinster Sand wohin man nur sah. Dazu die Bediensteten, die in Reih und Glied vor dem Haus standen und nur auf Befehle warteten. Ich war rundum glücklich, wenn da nicht der Anblick meines Freundes gewesen wäre. Er saß am Meer und warf kleine Steine in das Wasser. Er sah wirklich traurig aus. Irgendetwas musste passiert sein das ihn so fertig machte. Es war der richtige Zeitpunkt gekommen, um dem Ganzen auf den Grund zu gehen. Ich ließ mir zwei Bier bringen und setzte mich zu ihm.

„Alter, was ist los? War eines deiner Mädels schlecht und du hast dir nen Tripper geholt?"

Ich fand die Frage gelungen, er mal wieder nicht. Er stand auf, schaute auf das Meer und sagte nichts. Nach gefühlten zwei Stunden dann doch eine Antwort.

„Was kostet der ganze Scheiß hier?"

„Spinnt der, unseren Urlaub als Scheiß zu bezeichnen", dachte ich mir, gab ihm aber trotzdem die Antwort die er hören wollte.

„Weiß nicht so genau, denke mal um die Zweihunderttausend. Kann aber auch mehr sein, was weiß ich."

„Ja genau, das ist dein Problem. Du gibst Geld für jeden Mist aus und überall auf der Welt verhungern jeden Tag Menschen und Tiere."

„Ja dann müssen die halt mal Lotto spielen, so wie ich, dann haben die auch keine Probleme mehr."

~ 60 ~

„Du bist so ein dummes, arrogantes Arschloch. Ich hab echt keinen Bock mehr, ich will nach Hause."

Wir waren gerade mal drei Stunden auf dieser Insel, und er wollte wieder nach Hause? Ich verstand ihn einfach nicht. Wo war das Problem? Er lebte schließlich auch nicht schlecht von meinem Reichtum. 200.000 Euro hatte er von mir bekommen, und alles gleich wieder ausgegeben. Jetzt hatte er die Frechheit mich deswegen anzupissen?

„Ich glaube dir geht es nicht mehr gut. Du gibst einen Haufen Geld aus, das nebenbei von mir stammt, und jetzt machst mich an?"

„Ja glaubst du das Geld habe ich für mich gebraucht, du Depp??!!"

Jetzt wurde ich hellhörig. Ich hatte ihn da, wo ich ihn auch hin haben wollte.

„Ich habe ein Tierheim in Spanien gegründet", sagte er leise und strich sich eine Träne aus dem Gesicht.

Jetzt brauchte ich erst mal einen Schnaps und orderte einen der zahlreichen Kellner zu mir.

„Du hast was?"

„Hunde und Katzen verrecken auf der Straße und keine Sau interessiert es dort. Ja, ich hab die ganze Kohle für die Tiere gebraucht."

„Ja krass, hätte ich dir gar nicht zugetraut."

„Wir sitzen hier auf einer beschissenen Privatinsel. Von diesem Geld könnte ich mindestens 2.000 Tiere retten."

Ich wusste gar nicht mehr was ich sagen sollte. Ich konnte mit Tieren genauso viel anfangen wie mit Sportarten bei denen man schwitzt. Es lag eine komische Stimmung in der Luft. Keiner wollte, oder konnte etwas sagen. Für einen meiner legendären Sprüche war es der falsche Zeitpunkt. Das sah selbst ich ein. Gott sei Dank erschien dann auch der Ober mit meinem Schnaps. Ich erhob das Glas in Richtung meines Kumpels und prostete ihm zu.

„Zur Mitte, zur Titte, zum Sack, Sack, Sack!!"

Er rollte nur die Augen und ging wortlos an mir vorbei. Nach einem lauten Rülpser folgte ich ihm und klopfte auf seine Schulter.

„Alter, ich helfe dir wo ich nur kann. Dass weißt du doch, oder?"

„Dann lass uns hier verschwinden und versuchen, ob wir nicht noch ein wenig zurückbekommen."

Ja geile Idee. Ich hatte mich so auf diesen Urlaub gefreut und jetzt das. Ich sollte meine Insel für ein paar Straßenköter aufgeben, die aus einem Land kamen, was ich eh nie sehen würde. Und das aus einem Grund, weil mich Spanien einfach nicht interessierte. Wir machten aus, dass er plötzlich eine Magen-Darm-Grippe bekommt, nur so würde die Versicherung bezahlen.

Mann, was hatte ich auf dem Rückflug für eine schlechte Laune. Das Bier ging schon kurz nach dem Start aus. Aber was sollte ich machen? Für das Geld was ein Zwischenstopp kosten würde, könnte man locker zehn Goldfische und vier Kakerlaken retten. Auch seine Laune war äußerst beschissen. Er wusste, dass er mir auf den Schlips getreten hat, konnte aber die ganze Insel-Aktion mit seinem Gewissen nicht vereinbaren. Der Flug war grausam, er konnte mit mir nicht reden, ich wollte nicht. Dementsprechend kühl und kurz war auch die Verabschiedung nach der Landung. Er flog weiter zu seinem spanischen Tierheim, ich fuhr nach Hause in meine Villa.

Da saß ich nun mit meinen elf Zimmern und keine Sau besuchte mich. Selbst mein bester Freund wollte mit mir nichts mehr zu tun haben. Hatte sich die ganze Welt

~ 63 ~

gegen mich verschworen? Lag es an mir? Ich brauchte einen Menschen zum Reden und rief deshalb meine Maklerin an, um sie zu fragen ob sie noch lesbisch sei. Sie war es und außerdem nicht sonderlich von meinem Anruf begeistert. Es war 03.00 Uhr in der Früh.

Kapitel 6. Umdenken

Es war Sommer in Bayern und ausnahmsweise ein ziemlich guter noch dazu. Tagelang purer Sonnenschein und keine Wolke am Himmel. Eigentlich das ideale Wetter um meinen direkten Seezugang zu nutzen. Am ersten Tag war es ja noch einigermaßen lustig alleine auf dem Steg zu sitzen und die Enten zu verjagen. Doch spätestens am dritten wurde es mir stinklangweilig. Es wurde höchste Zeit, um eine meiner legendären Partys zu geben. Aber diesmal musste es das Beste vom Besten sein, denn nur so konnte ich meine alten Freunde wiedergewinnen, glaubte ich. Alles musste haarklein geplant werden. Angefangen von der Musik. Ich holte mir die aktuellen Charts aus dem Internet und buchte die Künstler die auf den Plätzen eins-drei waren. „Koste es was es wolle", dachte ich mir. Das war meine letzte Chance wieder guten Wind zu machen. Natürlich wurde das Buffet von sämtlichen Spitzenköchen aus dem Umkreis kreiert, die Getränkeliste konnte sich ebenfalls sehen lassen. Alles war bis auf das kleinste Detail durchdacht und vor allem, auch so gebucht. Ich konnte alles unter einen Hut bringen. Bei drei internationalen Künstlern, die gerade ganz oben in den Charts standen, war das gar nicht so einfach. Aber wie sagt man immer so schön: „Bargeld lacht!", und ich brauchte auch keine Rechnung….

Auf eine Einladung meiner einseifenden Damen verzichtete ich, da sicherlich auch mehrere Ehefrauen mitkommen würden. Ich war so glücklich. Ich wusste, das würde mein Comeback bei meinen Freunden werden. Ich zückte mein Mobiltelefon und sendete eine Rund-SMS:

„Servus Leute! Die Zeit ist gekommen für die geilste Party des Jahres. Am Wochenende um 20.00 Uhr bei mir."

Ich war mir absolut sicher, dass dies der große Wurf werden würde.

Am nächsten Samstag war es dann auch soweit. Fette Trucks fuhren auf mein Grundstück und bauten eine Bühne auf, bei der selbst Westernhagen vor Glück weinen würde. Das Buffet glich dem eines Staatsempfanges im Weißen Haus. Natürlich musste auch für die feierliche Stimmung gesorgt werden und so bestellte ich den besten Pyrotechniker Deutschlands. Er sollte für das geilste Feuerwerk sorgen das es in Oberbayern je gegeben hat. Einen Limo-Service hatte ich ebenfalls gebucht, um die Künstler standesgemäß vom Flughafen abholen zu können. Ich war richtig stolz auf meine Arbeit und konnte das Eintreffen meiner besten Freunde kaum mehr erwarten. Im Vorfeld ließ sich bereits mein bester Freund entschuldigen. Er müsste dringend ein Pharmaunternehmen stürmen, in dem Tierversuche stattfinden, schrieb er in einer kurzen SMS. Ja klar, bei mir im Garten spielen Pink und Madonna und er müsste spanische Straßenköter retten, aber wenn er meinte. Klar war ich traurig, aber im Angesicht der zu erwartenden Gästezahl, fiel einer mehr oder weniger nicht auf. Es war bereits 19.30 Uhr. Madonna sang sich zwischenzeitlich warm. Höchste Zeit um mich in Schale zu werfen. Für einen so großen Anlass gönnte ich mir ein besonderes Stück. Einen maßgeschneiderten Anzug, aber nicht irgendeiner, sondern ein Stück das von Armani persönlich zusammen geschustert wurde. Megageil das Teil!

„Like a Viiiirgin", schallte es durch meinen begehbaren Kleiderschrank. „Die Alte ist gut drauf heute", dachte ich und sah mir durch das Fenster an was ich alles in so kurzer Zeit auf die Beine gestellt hatte. Wenn jetzt noch einer meiner Kumpels Zweifel hatte, konnte ich das nicht mehr verstehen.

„20.00 Uhr! Die ersten Gäste müssten eigentlich schon da sein", überlegte ich mir bei einem flüchtigen Blick auf meine Rolex. Aber wie ist es denn bei wichtigen Anlässen? Die Hauptperson kommt immer ein wenig später. Das erhöht die Spannung! Genau aus diesem Grund ließ ich mir auch noch Zeit und sah mir ein wenig „Deutschland sucht den Superstar" an. Nicht ganz, aber bis zur ersten Werbeunterbrechung, die war um 21.00 Uhr. „Eine Stunde zu spät, ist genau die richtige Zeitspanne", dachte ich mir. Durch einen kurzen Funk zu meinem Lichttechniker erfolgte das Zeichen für den Start. Aus den Musikboxen erklangen die ersten Töne von „Simply the Best", die Scheinwerfer suchten mein Gesicht. In der Mitte des Liedes ging das Licht an und ich warf einen Blick zu meinen Gästen. Es waren Madonna, Pink und noch so eine, die ich nie zuvor gesehen hatte, da. Sonst niemand! Kein Mensch sonst war anwesend!!! Gähnende Leere wo man nur hinsah. Da stand ich nun in meinem Designer-Anzug, links neben mir Madonna, rechts Pink. Die beiden klotzten genauso bescheuert aus der Wäsche wie ich. Es war mittlerweile fast halb zehn. Das alle zu spät kamen war unwahrscheinlich, dachte ich mir. So checkte ich meine Mails um herauszufinden was denn los sei.

„Posteingang: Zwei neue Nachrichten."

Nachricht eins:

„Viagra heute 50% billiger wegen Direktimport aus Brasilien."

„Ja genau, als ob ich das nötig hätte", dachte ich mir mit einem festen Griff zwischen meine Beine. Da ist alles im Lack, so wurde die Scheißwerbung gelöscht.

Nachricht Nummer zwei:

„Jetzt Kredit auch ohne Schufa."

Das hatte ich noch viel weniger nötig.

Sonst hatte ich nichts bekommen. Niemand meldete sich auf meine SMS. Weder zu- noch abgesagt. Ich holte mein Handy aus der Hosentasche und rief einen meiner Freunde an. Das Gespräch dauerte genau fünf Sekunden und was ich kurz vor dem Auflegen hören konnte, war ein kurzes:

„Ach leck mich doch am Arsch mit deiner Scheißparty!"

„Scheißparty? Hier waren Madonna, Pink und noch so ne Gesangstrulla und der Depp sagt so etwas?" Sämtliche Leute die ich einlud, vertraten die selbe Meinung. Sie würden auf gar keinen Fall kommen, meinten sie. Das Management, der von mir gebuchten Künstler wurde allmählich unruhig und fragte nach, wann es denn endlich losginge.

„Gar nicht, und jetzt verzieht euch!", schrie ich in den sternenklaren Starnberger Nachthimmel. Das ließen sie sich nicht zweimal sagen. So war ich mal wieder komplett alleine in meiner Hütte. Genug zum Trinken hatte ich ja, so ließ ich mich volllaufen, wie noch nie zuvor in meinem Leben.

~ 69 ~

Am nächsten Morgen kamen zu meiner Einsamkeit auch noch atemberaubende Kopfschmerzen dazu. Deshalb schickte ich die Putzfrau auch gleich wieder nach Hause. Das Geräusch des Staubsaugers brachte mich fast um. Vor lauter Selbstmitleid und Jammern bekam ich überhaupt nicht mit das mein Handy schon das Glühen anfing, vor lauter „Anrufe in Abwesenheit." Irgendwie in Trance drückte ich auf eine Taste, um zu erfahren, wer mich in meinem Sterbemodus störte.

„Hola!", hörte ich am anderen Ende der Leitung!

„Ja auch Hola, du hast angerufen!"

„Si, un memento, por favor!"

Ich war, trotz drei Promille Restalkohol, sehr von meinen Fremdsprachenkenntnissen überzeugt und megagespannt, wer mich denn so dringend erreichen wollte. Es dauerte eine Ewigkeit bis sich wieder etwas rührte, so nutzte ich die Zeit in die Blumenvase zu kotzen. „Das letzte Bier hätte nicht mehr sein müssen", dachte ich beim Abwischen meines Mundes.

„Hey Alter wie war deine Party gestern?", hörte ich von irgendwo rufen. Ich griff unter mein Kopfkissen, holte das Handy und schrie erst mal:

„Nicht so laut du Penner!"

~ 70 ~

„Wenn du so nen Kater hast, war die bestimmt supergeil!"

Ich kannte diese Stimme. War es nicht die von meinem besten Freund?

„Ey Drecksack, bist du das?"

Nach weiteren freundlichen Begrüßungen berichtete ich von meiner Party bzw. der „Nicht-Party", dass ich es nicht verstehen konnte, dass keine Sau kam und eh alles scheiße ist seitdem ich reich war. Laut meiner Handyrechnung musste ich eine Ewigkeit geredet haben. Von dem Geld hätten wir beinahe wieder auf die Malediven fliegen können. Eigentlich nur beiläufig fragte ich, wie es bei ihm so wäre.

„Ich? Ich sitz im Knast!"

„Cool, was machst da denn?"

„Hallo!!! Hörst du mir zu?? Ich sitze im Gefängnis!!"

Irgendwie hörte ich nur Knast und Gefängnis, aber das konnte nicht sein. Mein alter Kumpel, der immer so bieder und brav war, konnte da nicht sein.

„Du verarscht mich, gäh?"

„NEIN!"

Ich hörte mal kurz auf von mir zu reden und ließ mir erzählen, was denn passiert sei. Der letzte Einbruch in die Pharmaklinik war dann doch nicht so easy und er wurde verhaftet. „Ja das kommt davon wenn man lieber Straßenköter rettet, als mit mir zu feiern", dachte ich mir.

„Kannst du mir helfen?", bat er mich mit weinerlicher Stimme.

„Ja klar, bist doch mein alter Kumpel. Lass mich wieder einigermaßen nüchtern werden, dann komme ich und hol dich da raus!"

„Wie lange dauert das?"

„Ich denke bis Ende der Woche bekomm ich das hin."

Natürlich ließ ich ihn nicht noch sieben Tage im Knast sitzen, obwohl er es durchaus verdient hätte, sondern flog am nächsten Tag nach Spanien. Ist schon komisch mit zweihundert anderen Menschen in ein Urlaubsgebiet zu fliegen, pappiges Essen zu bekommen und den Stewardessen nicht auf den Hintern hauen zu dürfen. Aber was macht man nicht alles, um wenigstens einen kleinen Teil seines Freundeskreises zu retten. Dieser Charterbomber hatte noch nicht mal ein First-Class Abteil, es war einfach nur furchtbar. Die Taxifahrt zum Gefängnis war ebenfalls der Horror. Eine alte vergammelte Karre brachte mich zum Domizil meines Freundes. Ich kam mir vor wie in alten Schwarzweißfilmen, in denen man Gefängnisse mit hohen Mauern sah und die Wärter ihre Knarren im Anschlag hatten. Besonders einladend sah das alles nicht aus. Gott sei Dank wartete schon der Anwalt auf mich, den ich noch schnell über das Internet beauftragt hatte. Bei Flügen und bei Anwälten sollte man nie sparen, denn unverzüglich öffneten sich alle Türen und wir wurden wie die Könige empfangen. Hatte sich doch gelohnt, dass ich „suche den besten Anwalt in Spanien" eingegeben hatte. Gut, von dem Vorschuss, den mir dieser Dreckshund noch am Eingangstor abknöpfte, könnte ich locker zwei Jahre lang Heli fliegen. Aber was macht man nicht alles für seine Freunde. Es dauerte auch keine zehn Minuten, da empfing uns der Gefängniswärter höchstpersönlich und entschuldigte sich mehrmals für die Unannehmlichkeiten. So ne kleine Pharmafirma könnte man durchaus mal überfallen, meinte er in seinem gebrochenen Deutsch. Das meinte ich allerdings auch und forderte unwirsch die Freilassung meines Kumpels.

„Un Momento, Senior!", bat er mich um Geduld.

„Nix un momento, la soforta!", forderte ich ihn mit einer hektischen Handbewegung auf. Und siehe da, die Drohung weitere Staranwälte einfliegen zu lassen, war nicht umsonst. Ein Eisentor öffnete sich, mein bester Freund erschien. Gestützt von zwei Wärtern und in gebückter Haltung, so wie ein Hund der gerade sein Geschäft erledigte, wankte er zu mir.

„Um Gottes Willen! Was haben sie mit dir gemacht? Gefoltert, um ein Geständnis zu erpressen oder einfach aus Spaß an der Freude gequält?" Mit zornigem Blick sah ich den Oberaufseher an und forderte ihn auf, mir das zu erklären. Ich war gerade dabei meinem Anwalt den Auftrag zu erteilen, den Laden auseinander zu nehmen, da hörte ich nur ein leises Stöhnen.

„Lass den Mist, die haben nichts gemacht. Habe nur Dünnschiss von dem Scheißfraß hier."

„Und warum läufst dann so gebückt?"

„Hab Angst, dass ich in die Hose scheiß. Ist mir gestern schon passiert."

Da versuchte ich gerade den gesamten spanischen Staat zu verklagen und er hat Angst, dass er sich in die Hose scheißt. Der Umgang mit Tieren soll ja gesund für den Menschen sein, aber zu viel davon ist auch nicht gut, dachte ich mir. Gestützt von einem Anwalt, der fünfhundert Euro die Stunde kostete und mir, verließ er die Städte seiner größten Schande. „Recht so! Geschieht dir ganz recht, das ist noch die späte Rache für unseren Malediven-Trip!", hauchte ich ihm ins Ohr. Seine Antwort auf meine Gehässigkeit war ein Megapfurz, bei dem sich der Winkeladvokat erst mal übergeben musste.

„Nicht schlecht Alter! Wenn mir mal langweilig ist, lasse ich das Gefängnisessen einfliegen und wir machen mal ne Pfurz-Party bei mir zu Hause." Ich boxte ihn in seinen Bauch, um nochmal dieses geile Geräusch zu hören. Während er sich vor Schmerzen krümmte und mich rüde beschimpfte, fragte ich locker in die Runde, was wir denn jetzt noch mit dem angebrochenen Nachmittag anstellen könnten.

„Hunger hätte ich, wir könnten doch was essen gehen, vielleicht dieses Paella oder wie heißt die Pampe hier?"

„Paella!!!" Habe ich eigentlich schon mal erwähnt, dass es mir kotzübel schlecht ist?"

„Ja stimmt, da war was."

Jetzt war ich seit Wochen mal wieder unter Leuten und dieser Sack hatte nichts Dümmeres zu tun als sich seine Magen-Darm-Grippe zu nehmen. Ich wollte gerade ausholen, um ihm nochmal dieses lustige Geräusch zu entlocken, da bremste mit voller Wucht ein alter VW-Bus vor uns ab. Die Insassen sahen aus wie ehemalige RAF-Häftlinge. Lange, schwarze Bärte und dunkle

Sonnenbrillen. Meinem Anwalt gefiel der Anblick genauso wenig, so verschwand er doch recht zügig in seine S-Klasse, nicht aber ohne mir vorher noch mitzuteilen, dass die Rechnung per Post kommt.

„Jetzt wird man hier schon am helllichten Tag überfallen", dachte ich mir beim Anblick dieser finsteren Gestalten. Die Vorstadtgangster kamen auf uns zu, sofort entbrannte eine rege Diskussion. Ich mittendrin in einem Haufen von Irren. Schon in Gedanken, wie ich mich an der Himmelspforte vorstellen sollte, hörte ich meinen Namen. Zwei von diesen vermummten Gestalten rasten auf mich zu und nahmen mich in den Arm. „Vielleicht Selbstmordattentäter, die mir einen Bombengürtel anlegen wollen", dachte ich mir. Der Gedanke bestätigte sich, als einer von diesen Verrückten mir einen Kuss rechts und links auf die Backe gab.

„Das sind meine Freunde, Kollegen und Mitstreiter!", klärte mich mein Kumpel auf.

„Freunde und Kollegen? Von was? Wir bomben mal unschuldige Leute in die Luft?!?!"

„Nein du Arsch, von Tierrettung 2000!"

„Tierrettung was?"

„Meine Tierschutzorganisation, die ich hier gegründet habe. Hatte ich aber schon mehrmals erwähnt.", mahnte er mich mit strafenden Augen.

„Du willst mir aber jetzt nicht erzählen, dass ein armer kranker Hund sich von so einem bärtigen Terroristen helfen lassen will?"

„Du hast keine Ahnung und du wirst auch nie eine haben, aber immer saublöd daherreden", schrie er mich an. Da waren wir wieder. Genau an diesem Punkt hatten wir uns damals verabschiedet, nach unserem gemeinsamen Urlaub.

Er gab mir die Hand, um sich für die Hilfe zu bedanken und wollte gerade in das Terroristen-Auto einsteigen, da schoss es mir durch mein Kleinhirn. „Wenn ich jetzt nichts mache würde ich auch noch meinen letzten Freund verlieren."

„Warte, ich fahr mit. Schließlich habe ich das ja alles bezahlt von meiner Kohle."

Seine Kollegen machten auf der Rückbank Platz, so dass ich mitfahren konnte. Vorsichtshalber nahm ich in einem unbeobachteten Augenblick meine Rolex vom Handgelenk und steckte sie in die Hosentasche. „Meine Mitfahrer hatten bestimmt eine Ausbildung als Taschendiebe genossen", dachte ich mir.

~ 77 ~

Zweiundvierzig Grad in einem alten Auto mit schwitzenden Spaniern. Ich hätte die Kaution auch einfach überweisen können, fluchte ich leise Richtung Himmel. Nebenbei wurde natürlich kontrolliert ob meine Uhr noch da war. Nach zwei Stunden Autofahrt durch eine staubige Wüste waren wir endlich angekommen. Der Wagen parkte, ich wollte gerade aussteigen, da kamen mir ein Dutzend Hunde entgegen. „Ja genau, dass auch noch", fluchte ich lautstark meinen Freund an.

„Hat dich niemand gezwungen mitzufahren und außerdem, du hast ja alles bezahlt", grinste er mich rotzfrech an.

„Bist a ganz a braver. Aber jetzt schleich dich!", versuchte ich ein ganz besonders aufdringliches Exemplar von mir fernzuhalten. Leider hatte ich damit keinen Erfolg, im Gegenteil. Das Mistvieh versaute mir mit seiner nassen Nase meinen Designeranzug. Genau zwei Stunden würde ich hier bleiben, beschloss ich nach dieser Aktion. Wenigstens meine Uhr war noch da, das konnte ich ertasten.

„Ja dann zeig mal, was du von meiner Kohle so alles gemacht hast", forderte ich ihn auf und klopfte auf seine Schulter.

„Da hinten sind die Zwinger, da haben ca. dreihundert Hunde Platz, hier drüben ist das Gelände für die Katzen."

„Katzen habt ihr auch, schön! Und wo sind die Meerschweinchen?"

„Wenn es dich nicht interessiert, warum fragst du dann?"

„Weiß ich auch nicht! Weil mir langweilig ist, vielleicht?"

„Mir schon klar warum dir langweilig ist. Mit dir will niemand mehr etwas zu tun haben, so großkotzig wie du geworden bist."

Bumms, das saß!

Ich wollte gerade zum rhetorischen Gegenschlag ausholen, da stürmte mein Gesprächspartner weg. „Der konnte mich doch nicht einfach so stehen lassen", dachte ich mir. Wutentbrannt lief ich hinterher und wollte ihn zur Rede stellen.

„Was hast du gerade gesagt?", brüllte ich ihn an.

„Jetzt nicht!"

„Doch! Ich will wissen, warum du das gesagt hast."

„Verdammte Scheiße, jetzt nicht!!!!", schrie er. So habe ich ihn noch nie zuvor schreien hören.

Es kamen zwei Männer auf den Hof. Schön gekleidet im dunklen Anzug. Sie waren mir sofort sympathisch. Endlich mal jemand, der wusste wie man sich anzieht. Sekunden später entbrannte eine hitzige Diskussion. Da die gut gekleideten Männer Deutsche waren konnte auch ich dem Gespräch folgen. Es ging um nicht gezahlte Futterrechnungen. Sollte die Summe nicht sofort beglichen werden, müssten sie alles mitnehmen, was schon geliefert wurde, meinte einer. Auch das Argument, dass die Tiere dann nichts mehr zu fressen hätten, konnte die beiden Männer nicht erweichen. Die Situation war ziemlich eingefahren. Keiner von den Terroristen hatte die Kohle, um das alles bezahlen zu können. Zwischenzeitlich verschärfte sich noch die Lage, indem zwei LKWs in die Einfahrt fuhren, um das Futter abzuholen. Eigentlich fand ich das Ganze ziemlich spannend. Endlich mal wieder ein wenig Leben in der Bude. Wie aus dem Nichts, ich weiß bis heute nicht warum, unterbrach ich die Streiterei.

„Wie viel Geld schulden wir euch?" Ich habe „Wir" gesagt??!!

Der eine Mann, in einem wirklich schönen Anzug, schaute mich an, als ob ich nicht ganz dicht wäre.

Ignorierte mich aber, indem er meine Frage nicht beantwortete, und stattdessen einem LKW-Fahrer das Kommando zum Laden gab.

„Ich wiederhole mich ungern. Trotzdem, einmal mache ich es noch. Wie viel schulden wir euch?"

„Achttausend Euro!", gab er mir die Antwort.

Ich zog meine Uhr aus der Hosentasche und reichte sie ihm rüber.

„Die hat einen Wert von Fünfzehntausend. Du sagst jetzt deinen Jungs, sie sollen bis zu diesem Wert Futter liefern, und dann verpiss dich. Wir haben ab sofort einen anderen Lieferanten."

Jeder, aber auch wirklich jeder sah mich an, als ob Angela Merkel gerade strippen würde.

„Bist ja doch nicht so ein großes Arschloch wie alle sagen", unterbrach einer der Hunderetter das große Schweigen.

„Wenn alle das sagen, wird das schon stimmen", antwortete ich, nahm mir einen dieser Hunde und kraulte ihn am Ohr. Ich wollte nicht länger das arrogante Arschloch sein, das wurde mir schlagartig klar. Was war all das Geld, wenn man niemanden hatte, mit dem man es ausgeben konnte. Bei dieser Aktion mit der Uhr verspürte ich ein Gefühl, dass ich schon gar nicht mehr kannte. Das Gefühl gebraucht zu werden. Nicht ein vollgekokster Hubschrauberpilot, der auf seinen monatlichen Lohn wartete, sondern hier. In der spanischen Wüste, wo Hunde, Katzen und vielleicht auch Meerschweinchen meine Hilfe bräuchten. Da saß ich nun auf einem kargen Stein und kraulte so ziemlich jeden Hund, der mir in die Quere kam. Manche sahen so aus als ob sie noch nie einen Knochen von der Nähe gesehen hatten. Andere waren so abgemagert, dass es ein Wunder war, das sie überhaupt noch lebten. Ein ganz Kleiner versuchte meine Aufmerksamkeit dadurch zu erhaschen, in dem er an meinem Hosenbein knabberte. Noch vor einer Viertelstunde hätte ich ihn dafür an die Wand genagelt. Und jetzt? Ich nahm das Tier auf den Arm und schaute es mir ganz genau an.

„Das ist der kleine Prinz Poldi, den haben wir letzte Woche aus einem Labor gerettet", sagte mein alter Kumpel. Er hatte zwei Flaschen Wasser in der Hand und setzte sich zu mir.

„Danke Alter und sorry wegen vorhin."

„Bitte und kein Thema. Du hast ja recht, ich bin wirklich ein dummes Arschloch gewesen."

„Gewesen?"

„Ja gewesen! Ich werde euch helfen. Aber nur wenn ihr auch Meerschweinchen habt."

„Haben wir nicht, aber ich werde dir eines besorgen. Wie willst du uns helfen?"

Ich machte ihm einen Vorschlag. Er sollte alle seine Schulden auf einen Zettel schreiben und ihn mir geben. Den Rest würde ich erledigen. „Da kommt aber einiges zusammen!", meinte er. Außerdem würde auch noch ein anderes Problem bestehen. Der Platz hier war nur gepachtet und der Vertrag lief in zwei Monaten aus. Zudem explodierten die monatlichen Kosten. Futter, Wasser und Tierarztrechnungen wären kaum mehr zu finanzieren, erzählte er mir bei einer Zigarette. Jetzt wusste ich auch endgültig wo die Zweihunderttausend geblieben waren. Während ich Passanten mit meinem Heli ärgerte, kämpfte er um das Überleben von Hunden, Katzen und vielleicht auch bald Meerschweinchen.

„Pass auf. Ich fliege morgen wieder nach Deutschland und leite alles Nötige in die Wege. So lange wird euch das helfen."

Ich übergab ihm einen Scheck, mit dem er locker zwei bis drei Monate alles bezahlen konnte. „Prinz Poldi" überbrückte zwischenzeitlich die Warterei aufs Weiterkraulen mit dem Zerbeißen meiner italienischen Schuhe.

„Macht nichts Kleiner, die brauche ich nicht mehr!"

Kapitel 7. Verkauf

„Ja ich bin immer noch lesbisch und will nicht mit Ihnen Essen gehen!", waren die ersten Worte der Maklerin meines Vertrauens.

„Darum geht es doch gar nicht. Ich will verkaufen, mir gefällt es hier nicht mehr", waren meine.

Obwohl es wieder drei Uhr in der Früh war, war ihre Bereitschaft mit mir zu telefonieren größer als beim letzten Mal, was sicherlich auch an der Verdienstmöglichkeit lag. Ich war nun mittlerweile fast drei Jahre hier in Starnberg. Alle hassten mich, aber das war mir nach wie vor egal. In der Zeit explodierten die Immobilienpreise, so rechnete ich mir einen hohen Verkaufserlös aus. Dies wurde mir auch von meiner Maklerin bestätigt, als sie die Villa anschaute.

„Mit was kann ich rechnen?", fragte ich bei einer Tasse Kaffee, mit Blick auf den See.

„Ja gut. Der Tennisplatz ist weg, dafür ist jetzt eine Betonwüste mit einem „H" drauf, außerdem sind alle Zimmer ziemlich verwüstet. So ca. 1,5 Millionen dürften schon noch drinnen sein."

„Was bekommen Sie als Provi..?"

„Sparen Sie es sich!", unterbrach sie mich ziemlich rasch.

„Da bekommt die einen Haufen Geld und ich darf noch nicht mal ausreden. War mir aber in diesem Moment egal. Anderthalb Million war schon mal eine Summe, mit der man arbeiten konnte", dachte ich mir.

„Wann denken Sie können wir verkaufen?", sprach ich ganz schnell, um nicht nochmal unterbrochen zu werden.

„Morgen!"

„Wie Morgen?"

„Einer Ihrer Nachbarn ist ganz scharf auf das Grundstück. Er will es unbedingt kaufen, damit er seine Ruhe hat, und nicht mehr von irgendeinem Fluglärm gestört wird."

Ich konnte mir schon denken wer das war. „Völlig egal, Hauptsache der Deal geht schnell über die Bühne!", dachte ich mir.

„Ja, dann ist ja alles soweit besprochen. Ich werde Ihre Villa zum Verkauf anbieten und melde mich wieder bei Ihnen."

So wurde es gemacht. Ich sah mich um und wurde ein wenig traurig. Trotz aller Schwierigkeiten war es hier eine schöne Zeit. Aber ich brauchte nicht mehr so eine luxuriöse Bleibe, ich war jetzt Tierschützer!

Am darauffolgenden Tag bimmelte auch sofort mein Telefon. Die Maklerin war dran und berichtete mir, dass sie tatsächlich einen Käufer gefunden hatte. Nicht nur das. Sie hatte einen Scheck in der Hand, den ich bekommen würde, wenn ich noch heute aus Starnberg verschwinde. Dass man mich nicht gerade liebte wusste ich ja, aber dass so ein Hass herrschte, war mir neu.

„Was steht auf dem Scheck?", fragte ich leicht irritiert.

„Eine Million Achthunderttausend. Damit ist alles abgegolten. Das Haus, der Hubschrauber und die gesamte Einrichtung."

„Da hat der alte Sack sich aber nicht lumpen lassen um mich loszuwerden", schmunzelte ich. Ich musste kurz überlegen. Sollte ich wirklich meinem Erzfeind hier alles überlassen? Auf der anderen Seite könnte ich mit dem Geld wirklich viel Gutes bewerkstelligen. Wir könnten das Grundstück in Spanien kaufen und noch mehr Tiere aufnehmen.

~ 87 ~

„OK, machen wir so. Ich pack hier noch zusammen und komme dann in Ihr Büro", meinte ich mit einer eigentlich guten Laune.

Da stand ich nun in meinem begehbaren Kleiderschrank und packte alles Nötige zusammen. Nur das Wesentliche wurde mitgenommen. T-Shirts und kurze Hosen, alles andere wurde dagelassen. Einmal wollte ich noch durch das Haus gehen. Im Keller nahm ich eine Bowlingkugel und räumte alle Pins auf einmal ab. Das hatte ich bis dahin noch nie geschafft. Wie oft war ich in der Sauna? Im Pool bildete sich schon ein kleiner Algenteppich und im Kinosaal waren noch Popcornreste vom letzten Filmabend. Gepackt mit zwei kleinen Koffern stand ich an der Ausgangstür und legte den Hubschrauberschlüssel in die kleine Silberschale im Flur.

„Machs gut altes Haus und lass es dir gut gehen!", sprach ich leise beim Verschließen der Tür und brauste mit meinem rosa Porsche in ein neues Leben.

Kapitel 8. Alles auf Rot!

„Spinn ich jetzt??", ich traute meinen Augen nicht, als ich die Abrechnung vom Maklerbüro in den Händen hatte. Die Alte hatte mir einen Scheck von fast zwei Million zugesagt, und jetzt das. Statt der erwarteten Summe, waren es nur knapp Neunhunderttausend Euro.

„Hallo??? Geht's noch? Da fehlt aber ein bissi was, oder?", zischte ich die Immobilienverkäuferin an.

„Nein, das hat schon alles seine Richtigkeit. Hier sehen Sie, das ist die Abrechnung."

Mit zittrigen Händen nahm ich den Wisch entgegen, mir wurde es schlecht. Da stand es schwarz auf weiß.

Abrechnung Verkauf Villa Starnberg

Verkaufserlös:	1.800.000	Euro
- Provision	150.000	Euro
- Provision	120.000	Euro
- Grunderwerbssteuer	31.500	Euro

- einbehaltene Einkommens-

Steuer aus Spekulationsgewinn

	320.000	*Euro*
- sonstige Abgaben	310.000	*Euro*
Verkaufserlös netto:	868.500	*Euro*

Das Ganze hatte natürlich einen gewissen Aufklärungsbedarf fand ich.

„Die Provision von 150.000 Euro ist klar, aber warum zweimal?", fragte ich leicht irritiert.

„Die Zweite ist noch vom Kauf. Die wurde uns nie überwiesen, deshalb haben wir uns erlaubt, die jetzt in Rechnung zu stellen."

Da konnte sie Recht haben. Es kamen zwar damals etliche Briefe vom Maklerbüro, die hatte ich aber nie aufgemacht.

„Grunderwerbssteuer?"

„Das Selbe! Die haben Sie nie bezahlt. Uns liegt eine Pfändung vom Finanzamt vor. Wir müssen das abziehen", entschuldigte sie sich.

„Einbehaltene Einkommensteuer?"

„Bei Verkäufern, die die Absicht haben in das Ausland zu ziehen, sind wir verpflichtet einen gewissen Prozentsatz als Steuer einzubehalten."

„Aha, ich habe noch nie eine Steuererklärung abgegeben und habe auch nicht vor, dies zu ändern."

„Sonstige Abgaben?"

„Pauschale für Porto, Telefon und Bürobedarf."

Ein wenig viel, aber hohe Telefonrechnungen kannte ich ja zu genüge. „Ja, scheint alles seine Richtigkeit zu haben", dachte ich mir. Dies würde wiederum bedeuten, dass ich doch nicht so viel auf die Beine stellen konnte, wie ich eigentlich vorhatte.

Gut, knapp Neunhunderttausend waren es. Die zwei Porsche hatte ich zusätzlich auch noch und trotzdem war ein Gefühl der Ohnmacht da. Ich wollte unbedingt mit einer Summe nach Spanien fahren mit der man alles erreichen konnte. Allein das Grundstück kostete knapp Fünfhunderttausend. Da bliebe nicht mehr viel für den Umbau, bzw. die monatlichen Fixkosten. Hatte ich nicht schon einmal Glück mit Lotto? Ich könnte für das ganze Geld Scheine ausfüllen und auf einen Mega-Gewinn warten.

„Spielcasino!!!", schoss es mir durch den Kopf, wie das Koks von meinem ehemaligen Hubschrauberpiloten.

Ja klar! Roulette oder Pokern, ganz egal. Hauptsache ganz schnell und unkompliziert an ne Menge Schotter kommen.

Ich fuhr zu meiner ehemaligen Hausbank um den Scheck einzulösen. Der damalige Lehrling hatte zwischenzeitlich ausgelernt, aber trotzdem noch einen großen Respekt vor mir. Ich sah sie an, mit einem Blick in den Augen, der nur sagte: „Gib mir die Kohle oder hier fliegen gleich die Fetzen." Sie machte genau das, was man von ihr verlangte.

Gerüstet mit 800.000 Euro Bargeld machte ich mich also auf den Weg in eine Spielbank. Am Eingang wurde ich höflichst darauf hingewiesen, dass es einen Krawattenzwang geben würde. Nicht schlecht, vor kurzem hatte ich noch einen extra Schrank für meine Designeranzüge und jetzt müsste ich mir so einen C&A Binder ausleihen. Aber anders ginge es nicht, meinte der Oberspielleiter, den ich natürlich kommen ließ.

Ein Roulettetisch gefiel mir besonders gut und ich setzte mich deshalb an diesen.

„30, Rot, Gerade!", hörte ich vom Oberschiedsrichterstuhl.

„30! An diesem Tag hatte ich geheiratet. Und wenn es nur diese eine Zahl gäbe, die würde ich nie spielen!", beschloss ich bei einem kräftigen Schluck Wodka. Ich schaute dem ganzen Treiben ein wenig zu, um Erfahrung zu sammeln. Noch nie war ich in einem Casino und doch in fester Absicht, hier den Grundstein für unser Tierheim zu schaffen. Nach einer halben Stunde hatte ich genug gesehen und so beschloss ich zu setzen. Ein fester Griff in die Plastiktüte und ein Bündel Hunderter flog auf die Schwarz. Ich wollte es langsam angehen und erst mit einfachen Chancen mein Glück probieren.

„Entschuldigen Sie bitte mein Herr. Sie müssen erst Jetons kaufen. Bargeld können wir so nicht annehmen!", meinte ein Mann neben mir, der so einen komischen Rechen in der Hand hatte.

„OK, kein Problem! Wo bekomme ich die her?"

„17, Schwarz, Ungerade!"

„Scheiße, Schwarz ist gekommen. Die wollte ich setzen, bevor mich der Rechen-Heini zurückgepfiffen hatte!", fluchte ich innerlich.

„Hier am Tisch oder hinten bei der Wechselstube."

Ich gab ihm mein Bargeld, er mir seine Jetons. Jetzt konnte es losgehen. „Wenn einmal Schwarz kommt wird es nochmal so sein", dachte ich mir.

„100.000 auf Schwarz bitte!", mit diesen Worten schob ich die Jetons, mit den lustigen Zahlen drauf, zu dem Obermeister.

„Entschuldigung mein Herr. Das Limit an diesem Tisch beträgt fünftausend Euro."

„Was bedeutet das?"

„Auf einfache Chancen dürfen Sie höchstens 5.000 Euro spielen, auf Zahlen 500", erklärte er mir.

Fünftausend?? Da bräuchte ich ja eine Ewigkeit um mein Ziel zu erreichen. Nein, das würde nicht gehen.

„Sag mal Chef. Gibt's nicht eine Möglichkeit das Limit zu erhöhen?", fragte ich freundlich.

Der Oberspielleiter hörte meine Bitte und nickte nur sanft ab. Na also, mit nett fragen kommt man doch immer weiter.

„Also! 100.000 auf Schwarz bitte!"

Die Kugel rollte und rollte. Ich konnte gar nicht hinsehen, so aufgeregt war ich. Das Klickern in der Rouletteschale wurde immer lauter, die kleine Kugel suchte sich eine Zahl. Stille! Die Schale drehte sich weiter, ich sah das Ergebnis: 1, Ungerade und was besonders tragisch war: ROT!

„Scheiße!"

Der Rechenmeister waltete seines Amtes und schob meine Kohle zu dem anderen Zählmeister.

„Kein Problem, aller Anfang ist schwer", beruhigte mich einer meiner Mitspieler, der ebenfalls am Tisch saß und auch verloren hatte.

„Sie müssen jetzt einfach nur verdoppeln, dann ist Ihr Verlust ausgeglichen und zusätzlich sind Sie im Plus", meinte der freundliche Mitzocker.

„Ja wenn das so einfach ist, dann mach ich das doch so", dachte ich mir. Zweimal hintereinander kommt nicht die Rot, da war ich mir sehr sicher. Neues Spiel und neues Glück, auf geht's.

„200.000 Euro auf Schwarz bitte!"

Der Oberboss warf die Kugel in die Schale, das Spielchen ging von vorne los.

„Darf man hier noch rauchen?", fragte ich leise in die Runde.

„Ab 200.000 Euro schon!", antwortete der Mann neben mir.

„Rien ne va plu s, keine weiteren Einsätze bitte!"

„Sieben, Rot, Ungerade!"

Schon wieder diese scheiß Rot! Jetzt waren schon Dreihunderttausend weg. Sollte ich wieder verdoppeln?

Einmal müsste es doch soweit sein, dass ich etwas treffe. Mit diesen verfluchten Farben hatte ich kein Glück und beschloss deshalb etwas anderes zu spielen.

„300.000 auf das erste Dutzend."

„Das war der absolute Geheimtipp", meinte mein Tischnachbar. Denn sollte ich gewinnen, würde mein Einsatz nicht nur verdoppelt, sondern verdreifacht.

„Rien ne va plu s, keine weiteren Einsätze bitte".

„Jetzt musste das einfach klappen, sonst würde ich wirklich in der Scheiße sitzen, betete ich Richtung Himmel. Gott verurteilte wohl das gesamte Glücksspiel, denn es kam die 28 und jeder Mathematiker weiß, dass diese Zahl nicht dem ersten Dutzend angehört.

Dreimal gesetzt und dreimal verloren. Das war nicht gut. Das war überhaupt nicht gut. Insgesamt vermachte ich dem bayerischen Staat gerade sechshunderttausend Euro. Wie blöd konnte man eigentlich sein? Von meinem ehemaligen Lottogewinn waren gerade mal noch zweihundertfünfzigtausend übrig. Ich könnte jetzt aufstehen, nach Hause fahren und mir einen Job suchen. Was sollte ich dann aber meinem Kumpel und vor allem den ganzen Tieren erzählen? Die brauchten meine Hilfe. Die Überlegungen wurden durch das

Klingeln meines Handys unterbrochen. Böse Blicke trafen mich von allen Seiten.

„Ab 600.000 darf man telefonieren, steht an der Eingangstür", entschuldigte ich mich.

Auf dem Display sah ich die Nummer meines spanischen Kumpels.

„Sag mal eine Zahl zwischen 1 und 36.", begann ich das Gespräch.

„Warum?"

„Nur so, sag schon!"

„30!"

„Außer der 30!"

„Warum nicht die?!"

„30 ist die Zahl des Satans!"

„Ach ja, du hast an einem 30. geheiratet, habe ich vergessen, Tschuldigung. Dann die sechs!"

„Alles klar, dann bis morgen", sprach ich und drückte das Gespräch weg.

Also die Sechs! Wenn es nicht klappt war er wenigstens der Depp und ich konnte alles auf ihn schieben.

„Alles auf die Sechs. Zweihunderttausend!!"

Die Herren sahen sich gegenseitig an und überlegten, ob sie den Einsatz annehmen sollten. Sie taten es. Die Chance zu gewinnen war bei 1:36! Also warum sollten sie auch nicht?

Der Casinoangestellte nahm die Kugel in die Hand und rollte sie am Rand der Schüssel entlang. Eilig setzten noch ein paar Leute, die anderen wollten nur meinen Untergang mit ansehen. Völlig fertig von der Welt stand ich auf und ging vom Tisch. „Das wird nicht gut gehen, das konnte nicht klappen. Du Depp!", waren meine Gedanken.

„Rien ne va plu s, keine weiteren Einsätze bitte."

Mit beiden Händen vor dem Kopf, an einer Wand gelehnt, wartete ich auf das Verkünden der Zahl. „Verdammt, wie lange dauert das denn noch!"

„30, Rot, Gerade!!!", hörte ich von irgendwo her. „Nein!!! Alles, aber nicht die 30!!"

Gut, war ja klar! Dann geh ich mal in den nächsten Baumarkt und kauf mir einen Strick.

„Sechs, Schwarz, Gerade!!"

„WAS!!!"

Ich blickte durch die Gegend. Die 30 war am Nachbartisch gefallen und betraf mich gar nicht. Mit einem festen Griff schob ich alle Schaulustigen zur Seite und versuchte einen Blick in die Schüssel zu erhaschen. Ging aber nicht. Es waren einfach zu viele Spieler am Tisch. Wo kam die Meldung mit der 6 her? Wann leuchtet die zuletzt gefallene Zahl endlich auf der Anzeigetafel auf? Hatte ich doch noch eine Chance? Sekunden können so elend lang sein. Mit bangem Blick sah ich hoch, dann kam es endlich:

„6, Schwarz, Gerade!"

Die zwei letzten Eigenschaften waren mir scheißegal. Aber die erste. Sechs!! Verdammte Hacke, es kam wirklich die Sechs!!

Die Einsätze, die nicht gewonnen hatten, wurden weggerecht, die anderen kleineren ausgezahlt. Blieb nur noch mein Haufen übrig. Ratlose Gesichter, überall wo man nur hinsah. Keiner der Spielbankmitarbeiter wusste, wie er meinen Gewinn auszahlen könnte.

~ 100 ~

„Der Kell mit del hässlichen Klawatte hat die Bank gespllengt!", schrie ein kleiner Chinese und deutete auf mich.

„Ich denke, wir müssen Ihnen einen Scheck geben. Soviel Bargeld befindet sich nicht bei uns im Haus", gab mir der Casinoleiter zum Besten. Er wurde eiligst an den Tisch gerufen um die Situation zu klären.

„Kein Problem. Ich warte hier und trinke mein Bier aus, war schließlich teuer genug", antwortete ich freundlich.

Die anderen Mitarbeiter schauten mich die ganze Zeit mit erwartungsvoller Miene an. Ich wusste auch warum. „Wenn die jetzt glauben, sie bekommen ein Trinkgeld, haben sie sich geschnitten", dachte ich mir. Hat einer von denen mir etwas gegeben, als ich verloren und die gewonnen hatten? Nein! Also warum sollte ich jetzt etwas rausrücken? Der kleine Chinese konnte das alles immer noch nicht ganz glauben und führte einen Tanz auf. Endlich kam dann auch der Chef von allem und überreichte mir meinen Scheck:

Sieben Millionen zweihunderttausend Euro.

„WOW!!"

Ich war wieder da. Reicher und mächtiger als je zuvor.

~ 101 ~

Jetzt konnte es losgehen. „Tierquäler dieser Welt, zieht Euch warm an, ich reiß Euch den Arsch auf", schrie ich und hämmerte vor lauter Freude auf das Dach von meinem Porsche.

Kapitel 9. Spanien

Vor meinem Umzug nach Spanien musste hier noch einiges erledigt werden. Viel Mist hatte sich in den letzten Jahren angesammelt. Ich wollte einigen Leuten etwas Gutes tun. Meiner Bankangestellten zum Beispiel. Die bekam regelmäßig Schweißausbrüche wenn sie mich sah und hatte Angst um Ihren Job. Einmal musste sie mich aber noch ertragen, schließlich hatte ich noch den Scheck, der auf mein Konto sollte.

Was hatte das kleine Mädchen für ängstliche Augen, als ich vor ihr stand. Mit zittrigen Händen nahm sie den Scheck und füllte den Einreicher aus.

„Haben Sie einen Freund?", fragte ich sie beiläufig.

„Ja", war die knappe und ängstliche Antwort.

„Fährt der gerne Auto?"

„Wir können uns kein Auto leisten. Wir haben beide gerade erst ausgelernt."

Ich nahm den Scheckeinreicher an mich und übergab im Gegenzug den Schlüssel meines schwarzen Porsches, nebst Kfz-Brief.

„Wenn es Probleme mit der Versicherung oder der Steuer gibt, kurz anrufen, ich bezahl das natürlich."

„Ach ja und noch was, der dritte Gang klemmt ein bissi, ist aber nichts wildes."

Sie wollte gerade etwas sagen, da legte ich meinen Zeigefinger auf ihre Lippen und schüttelte nur den Kopf.

„Passt schon, viel Spaß damit! Und sorry wegen meinem Verhalten!"

Die zweite Anlaufstelle an diesem Nachmittag war das Reisebüro von damals, als ich den Malediven-Trip gebucht hatte. Die Verkäuferin erkannte mich auch sofort und eilte umgehend an die Tür, um diese zu verschließen. Händereibend setzte sie sich zu mir, und holte den Katalog „Urlaub für Arschlöcher" aus der Schublade.

„Und wo soll es diesmal hingehen?", fragte sie mich mit Dollarzeichen in den Augen.

„Diesmal habe ich eine ganz verreckte Idee", antwortete ich.

„Den Eifelturm sprengen, in Las Vegas das MGM mieten, oder eine Privatparty im Weißen Haus?"

„Nicht ganz. Einen Charterflug nach Spanien. Limit bis zweihundert Euro."

„Sie verarschen mich, gäh??!!"

~ 104 ~

„Nein!"

Ihre Kinnlade knallte auf den Schreibtisch.

„Und dafür habe ich meinen Laden dicht gemacht?"

„Hat Sie niemand darum gebeten. Was ist jetzt mit meinem Ticket. Bekomm ich das jetzt von Ihnen oder nicht?"

Ich bekam es natürlich. Von den fünfzehn Euro Provision konnte sie es mal richtig krachen lassen.

„Ach ja, eine Bitte hätte ich noch", sprach ich leise. Ich gab ihr eine Liste mit den Namen meiner alten Freunde und Bekannten. Sie sollte für jede dieser Personen einen Reisegutschein ausstellen. Der Wert sollte dem eines schönen Urlaubes im Mittelmeerraum gleichen. Auf die Umschläge sollte sie nur ein einziges Wort schreiben.

SORRY!

Ob sie meine Entschuldigung annahmen war jetzt nicht mehr in meiner Macht. Ich konnte es nur hoffen.

Ich verabschiedete mich von der Verkäuferin, die nun auch eine bessere Laune hatte, und ging aus der Tür. Ein schöner warmer Frühlingstag. Werde Dich vermissen, Du schöne Stadt. Auf der anderen Straßenseite war ein

Obdachloser, der seine Zeitschriften verkaufte. Ich kannte ihn von früher. Ein oder zwei Bierchen hatte ich damals mit ihm vernichtet. Das war in der Zeit, als keiner mehr mit mir etwas zu tun haben wollte. Ich ging über die Straße und unterhielt mich ein wenig mit ihm. Ich erzählte von meinen Plänen, er wünschte mir viel Glück dabei. In einem unbeobachteten Moment, als er gerade seinen Hund streichelte, steckte ich ihm ein Bündel Fünfhunderter in seine Tasche. „Das müsste für den Anfang reichen", dachte ich mir. Einige hatte ich bestimmt auf meiner „Versöhnungstour" vergessen, doch die Zeit eilte. Ich wollte unbedingt so schnell wie möglich nach Spanien, um meinen Kumpels zu helfen. Alles was ich vor hatte war erledigt, so blieb mir nur noch die Aufgabe, meine Ankunft mitzuteilen.

„Hallo Ihr spanischen Bombenleger! Komme morgen mit dem Frühflieger an. Kann mich einer von Euch Talibans vom Flughafen abholen?"

Irgendwie freute ich mich auf mein neues Leben. Immer schönes Wetter, keinen Stress mehr, unter Menschen sein und genügend Kohle zu haben. Mit diesen Aussichten machte ich mich auf den Weg zu meinem Hotel, um die Sachen zu packen. Am Eingang traute ich meinen Augen nicht. Dort stand eine Frau, die mir so verdammt bekannt vorkam. Sie hatte ein kleines Mädchen an der Hand. „Wirklich süß die Kleine", dachte ich mir beim Vorbeilaufen an den beiden.

„Ey, du Arsch! Da waren wir acht Jahre lang verheiratet, und dann kann man sich noch nicht mal grüßen?", hörte ich hinter mir. Die Stimme und die Beschimpfungen kamen mir ebenfalls sehr bekannt vor. Wie vom Blitz getroffen drehte ich mich um und erkannte meine Ex. Sehr mitgenommen, stark abgemagert und müde sah sie aus. Genau aus diesen Gründen musste ich sie wohl übersehen haben.

„Ach ne! Mein Augenstern! Wieder zurück vom Urlaub? Danke für die nette MMS von damals! Was willst du? Habe keine Zeit, jedenfalls für dich nicht!"

„Ich muss mit dir reden, ist wirklich wichtig", bat sie mich.

„Danke, kein Interesse!"

„Bitte, nur zwei Minuten!"

„Bist du taub? Nein!"

„Bitte, es geht um Leben und Tod!"

So ganz frisch sah sie wirklich nicht mehr aus, somit entschloss ich mich, doch mit ihr zu sprechen.

„Ok, zwei Minuten. Die Zeit läuft ab jetzt! Wie hast du mich eigentlich gefunden?", fragte ich leicht verwundert.

Was jetzt kam, haute mich komplett vom Hocker. Sie wusste alles. Von meiner Zeit in Starnberg, von meinem Lottogewinn, von den Plänen nach Spanien zu gehen, einfach alles. Von wem sie die Informationen hatte, wollte sie nicht sagen. Völlig baff und mit offenem Mund hörte ich ihr zu.

„Hast es ja ganz schön krachen lassen in der Zeit. Nur das mit dem Urlaub lief ein wenig schief, oder?", meinte sie.

„Was willst du? Geld? Ich habe nichts mehr. Alles ausgegeben", lächelte ich sie an.

„Sechs, schwarz, gerade", lächelte sie zurück.

Woher zum Kuckuck wusste sie das? Es kann nur um Geld gehen. Die Alte will bestimmt ihren Teil vom Lottogewinn, um den ich sie damals beschissen habe. Während ich schon einen Großteil meines Geldes den Bach runter gehen sah, zupfte mich das kleine Mädchen am Arm. Ich sah in zwei wunderschöne blaue Augen und beugte mich zu ihr herunter.

„Ja Süße, was ist denn?"

„Duuuuu??!!"

„Ja, was ist denn?"

„Meine Mama ist bald im Himmel und passt dann da auf mich auf."

Jetzt verstand ich gar nichts mehr. Meine Ex, die alles über mich wusste, und ein kleines Mädchen, die solche Horrorgeschichten erzählte.

„Wie Himmel?", bat ich um Aufklärung.

„Das war es, über das ich mich mit dir so dringend unterhalten musste. Aber lass uns doch bitte in dein Zimmer gehen, dort können wir dann alles besprechen."

„Ich habe keine Lust mit dir irgendwo hinzugehen. Ich darf dich daran erinnern, dass du mich beschissen hast!"

„Bitte! Hier auf der Straße ist das kein gutes Thema."

„Nein!"

„Gut, dann eben hier. Ich lebe nicht mehr lange. Habe Blutkrebs im Endstadium und würde dich bitten, dass du auf Josi aufpasst."

„Das tut mir echt leid, was dir passiert ist, aber du kannst doch nicht verlangen, dass ich ein fremdes Kind groß ziehe?", blockte ich ihre Bitte ab.

„Josi, wie Josephine. Der Name deiner Mutter. Das ist die Hand deiner Tochter, die du gerade hältst."

„Jetzt war der richtige Zeitpunkt gekommen, um das Gespräch in meinem Hotelzimmer weiter zu führen", dachte ich mir. Dort erzählte meine Ex-Frau mir die ganze Geschichte. Sie bekam vor ungefähr fünf Jahren die Diagnose, dass sie Krebs hätte, war aber bereits schwanger mit unserer gemeinsamen Tochter. Sie wollte es mir nicht zumuten ihren körperlichen Verfall mit anzusehen. Aus einem einzigen Grund, aus Liebe zu mir. Sie erfand einen neuen Mann in ihrem Leben, nur dass ich schneller von ihr loskomme. Dieser schmierige Anwalt war gar nicht ihr Neuer, sondern ein alter Schulfreund, der mitspielte. Die vermeintliche „Abwrackprämie" war ein Darlehen, das vorher noch aufgenommen worden war und das Malediven-Bild entstand in einem Fotostudio. Sie hatte sich all die Jahre regelmäßig darüber informiert wie es mir ginge. Nur jetzt war die Zeit gekommen, wo sie nicht mehr alleine für unsere Tochter sorgen konnte, berichtete sie mir unter Tränen. Auch ich war am Heulen wie ein alter Schlosshund und nahm sie zärtlich in den Arm. Mit allem hatte ich gerechnet, aber nicht mit dem was ich gerade hörte.

„Verdammte Scheiße, es muss doch eine Möglichkeit geben, dass du wieder gesund wirst. Ich habe Geld und kann die besten Ärzte dieser Welt bezahlen."

„Da ist nichts mehr zu machen, glaube es mir. So traurig wie es ist. Pass auf unsere Kleine auf, werde ihr ein guter Vater und erzähl ihr später über mich. Das ist das Einzige was du machen kannst", bat sie mich.

„Ja klar, natürlich!", stammelte ich irgendwie unter Tränen.

Ich sah meine kleine Tochter an, nahm sie in den Arm und flüsterte ihr ins Ohr:

„Ich bin dein Papa. Ich werde jetzt auf dich aufpassen und eins verspreche ich dir: Deine Mama kommt bestimmt in den Himmel, aber jetzt noch nicht. Verlass dich drauf!"

Ich sah zu meiner Frau und berichtete ihr, dass ich jetzt einige Sachen zu erledigen hätte, sie sich aber jederzeit auf mich verlassen konnte.

Da saß ich nun, alleine in meinem Hotelzimmer und heulte mir die Augen aus. Wie konnte es sein, dass ich die ganzen Jahre nichts bemerkte? Ich hatte meiner Tochter ein Versprechen gegeben und ich pflegte meine Zusagen einzuhalten. Ich brauchte Informationen über alles was jetzt wichtig war, dachte ich mir. Aber wer könnte die mir beschaffen? Woher hatte sie ihr ganzes Wissen über mich? Es konnte nur einer sein, der als Maulwurf arbeitete. Mein spanischer Kumpel. Nur er wusste über die neuesten Ereignisse Bescheid und steckte es ihr. Jetzt musste er für mich arbeiten, das war klar!

Bei unserem Telefongespräch versuchte er erst gar nicht alles abzustreiten, sondern gab zu, meiner Frau alles über mich erzählt zu haben. Ihre Aussagen deckten sich völlig. Sie wollte mich mit ihrer Krankheit nicht belasten und versuchen das Kind alleine groß zu ziehen. Aber jetzt würde es nicht mehr gehen. Ihre Kräfte waren aufgebraucht und sie bräuchte Hilfe, meinte er.

„Ok, jetzt weiß ich Bescheid und bin da. Werde dir morgen Geld überweisen, damit du die nächsten Jahre über die Runden kommst, aber ich muss hier bleiben", sagte ich zu ihm.

„Und noch was. Gib mir bitte die Adresse von ihrem Arzt, ich muss Infos haben."

„Geht nicht! Das will sie nicht. Sie hat aufgegeben und möchte einfach nur in Ruhe sterben, aber die Gewissheit haben, dass du dich um Josi kümmerst."

„Es gibt jetzt genau zwei Möglichkeiten: Entweder du sagst mir jetzt genau das, was ich wissen möchte oder ich fliege nach Spanien und prügele es aus dir heraus!"

„Uniklinik!"

Das war eher ein Freundschaftsdienst als die Wirkung meiner Drohung. Selbst wenn er völlig blau wäre, könnte er mich bis nach Australien stampfen.

Ok! Die Informationen, die ich dringend benötigte, hatte ich nun. Uniklinik?? Und das als gesetzlich Versicherte. Jetzt war es mir klar, warum es so scheiße um sie stand. Wenn jetzt noch jemand helfen könnte, dann richtige Profis, da war ich mir sicher.

Auf dem Weg in das Krankenhaus schossen mir sämtliche Gedanken durch den Kopf, die ich alle aber wieder verwarf. Ich hatte es versprochen, ich hatte es meiner Tochter versprochen! Ich halte meine Versprechen!!

Die Empfangsdame war genauso unfreundlich wie hässlich. Sie wollte mich einfach nicht zu dem „Obergott in Weiß" durchlassen. Erst als ein größerer

Schein im Sparschwein landete, durfte ich in das Besprechungszimmer. Da saß ich nun und wartete auf den Mann, der meiner Meinung nach, die Gesundheit meiner Frau auf dem Gewissen hatte. Nach gefühlten zwei Stunden kam er auch. Mit einem Handy am Ohr, wild telefonierend, gab er mir flüchtig die Hand und setzte sich auf seinen Chefsessel. Nachdem der selbsternannte Messias endlich ausgequatscht hatte, fragte er mich, um was es denn überhaupt ginge. Die Tonlage gefiel mir überhaupt nicht, ließ ihn aber in dem Glauben, dass er der Größte sei.

„Es geht um meine Ex-Frau. Ich möchte umgehend wissen wie der Stand der Dinge ist", fragte ich freundlich, aber auch sehr energisch.

„Schauen Sie guter Mann. Sie sagten es doch eben selber. Ex-Frau. Das bedeutet so viel wie: „Das ich Ihnen keine Auskunft geben darf. Und wenn ich dürfte, so würde ich bestimmt nicht wollen."

„Einmal stelle ich meine Bitte noch, beim zweiten Mal rumst es hier!", stellte ich nochmal mein Anliegen vor.

„Ich darf und ich will nicht!", lächelte er mich arrogant an.

„Letztes Wort?"

~ 114 ~

„Letztes Wort!!"

Ich griff zu meinem Handy und wählte eine Nummer.

„Seppi, Servus! Habe eine gute Story für dich. Stell Dir vor. Bin gerade in der Uni-Klinik und der Chefarzt hat mir einen Deal vorgeschlagen. Ich zahle eine Million und bekomm dafür ne neue Niere. Krass, oder?!"

Ich drehte das Handy zur Seite und flüsterte dem verdutzten Arzt die Worte „Journalist bei der Abendzeitung" entgegen. Er hob die Hände, so als ob er sich ergeben möchte. Ich drückte zeitgleich die Zeitansage weg. Bluffen will gelernt sein!

„Gut, wo waren wir stehen geblieben?", fragte ich nun mit einem arroganten Lächeln.

Mit einem wilden Blättern in der Krankenakte berichtete er mir über ihren Gesundheitszustand. Insgesamt hörte sich das alles sehr beunruhigend an, aber es kam noch schlimmer:

„AB-negativ!", stöhnte er leise.

„Und was bedeutet das?"

„Das ist schlecht! Ist die seltenste Blutgruppe die es gibt. Eine Knochenmarkspende ist daher nahezu ausgeschlossen. Nur ein Prozent der Bevölkerung haben diese."

Ein Prozent hört sich auf den ersten Blick ziemlich scheiße an. Auf der anderen Seite, ein Prozent von 80.000.000 Einwohnern ist doch auch etwas. Immerhin würden 800.000 Menschen als Spender in Frage kommen", war meine Überlegung. Ich forderte den Kittelträger auf, diese Menschen zu finden, ansonsten würde er sich in geraumer Zeit auf der Titelseite einer Zeitung wiederfinden. Als Millionär lernt man so einiges. Wie schon erwähnt, sollte man nie an Flügen und an Anwälten sparen. Jetzt kam eine Sache dazu: Die Suche nach einem Knochenmarkspender! Ich musste einen finden und das sehr schnell. Ich hatte es versprochen!

Kapitel 10. Meine Tochter

Darf man sich mit Geld alles kaufen? Diese Frage stellte ich mir selber beim Bearbeiten der Zeitungsanzeige. Die meisten Menschen sterben, wenn kein geeigneter Spender gefunden wird. Ich hatte ein Versprechen gegeben, dass dies auf gar keinen Fall geschehen würde. Außerdem war es mir mittlerweile wieder scheißegal, was andere über mich dachten. Hier ging es um die Mutter meiner Tochter, und wahrscheinlich auch um die Frau, die ich immer noch liebte. Genau aus diesem Grund versuchte ich alles, um an einen Spender ranzukommen. Zeitungsanzeigen, Radio/Fernsehspots und sämtliche anderen Medien wurden beauftragt. Ihr Gesundheitszustand war äußerst bedenklich, die Zeit lief mir einfach davon. Wenn ich irgendetwas hasste, dann war es warten. Auch unsere gemeinsame Tochter machte mir ernsthaft Sorgen. Zu der unendlichen Traurigkeit kam auch noch der Wegfall der gewohnten Umgebung. Mit ihrer Mutter wohnte sie in einer kleinen Drei-Zimmer-Wohnung, jetzt wo diese im Krankenhaus war, mit mir in einem Hotelzimmer. Dieser Zustand war nicht mehr zu ertragen, so suchte ich eine passende Bleibe für uns beide.

„Süße, wenn jetzt eine gute Fee kommen würde, und die würde dich fragen, wo du gerne leben möchtest, was würdest du antworten?", fragte ich bei einem Eisbecher in der Krankenhauskantine.

„In einem ganz großen Haus mit Garten und einem Pony!", antwortete sie.

„Bis auf das Pony hatte ich noch alles vor kurzem. Eigentlich war mein altes Haus in Starnberg genau das Richtige", dachte ich mir. Nur würde dieser alte Sack mir das wieder verkaufen? Eher nicht, der war froh, dass ich endlich weg war. Aber wenn nicht mir, vielleicht jemand anderen? Wer könnte mir helfen? Wer hätte Lust mir zu helfen? Mir fiel niemand ein. Mein bester Kumpel saß in Spanien und konnte nicht als Mittelsmann agieren. Ansonsten hatte ich keine Freunde mehr. Je mehr ich überlegte, desto geiler fand ich den Gedanken, meine alte Hütte wieder zu bekommen. Diese hatte mich in den Jahren nie im Stich gelassen, und ich war echt traurig, als ich sie das letzte Mal betrat.

„Welche Farbe soll das Pony denn haben, rosa?", fragte ich meine Kleine.

„Ach Papa, es gibt kein rosa Pony!"

Die Leute dachten auch, es gäbe keinen rosa Porsche, und wie sie sich geirrt hatten.

„Wirst schon sehen, dass es das gibt. Jetzt machen wir erst mal, das die Mama wieder gesund wird, dann kaufen wir ein Haus und dann das rosa Pony!"

„Das gibt es doch gar nicht!!"

„Wenn ich eins besorge, bekomm ich ein extragroßes Bussi!", verhandelten wir auf dem Weg ins Krankenhauszimmer.

Vor der Tür kamen uns schon zig Ärzte und Krankenschwestern entgegen. Alle in ziemlicher Aufruhr. „Was um Gottes Namen ist passiert? Es wird doch nicht das Schlimmste eingetreten sein?" Meine Frau wurde gerade in den Gang geschoben. Einer von den Kittelträgern schubste erst mich, dann meine Tochter zur Seite. Im letzten Moment konnte ich sie gerade noch festhalten und vor dem Hinfallen schützen.

„Ey, du dummer Arsch. Pass mal auf! Nochmal und ich sorge dafür, dass du noch nicht mal in einem Buschkrankenhaus einen Job bekommst."

Er sah mich mit großen verdutzten Augen an und fluchte etwas, was ich nicht ganz verstand.

„Was hast du gesagt?", fragte ich mit einer fordernden Handbewegung.

~ 119 ~

„Wir können das mit dem Busch und dem Job gerne später klären. Jetzt muss ich nur ganz kurz Ihre Frau retten. Wir haben einen passenden Spender gefunden", sprach der mit ziemlich vielen Titeln dekorierte Professor.

„Einer mehr, der mich nicht mag. Aber egal, Hauptsache der macht jetzt seinen Job gut", dachte ich mir und nahm meine Kleine in den Arm.

„Schau, was hat der Papa versprochen? Alles wird gut!"

Die Tage zogen sich wie Kaugummi. Kam die Spende noch rechtzeitig? Würde sonst alles gut gehen? Diese Gedanken machten mich komplett fertig. Meiner Tochter ging die ganze Angelegenheit auch sehr an die Nerven. Um die Zeit totzuschlagen und um auf andere Gedanken zu kommen, besuchten wir in dieser Zeit sämtliche Freizeitparks in der näheren Umgebung. Es war immer der totale Spaß für mich. Ein kleines, so süßes Mädchen an der Hand zu haben, dass zudem noch meine eigene Tochter war. „Mit was für einem Scheiß habe ich mich die letzten Jahre abgegeben?", dachte ich mir beim Einsteigen in das Kinderkarussell.

Gut, es war ziemlich klein und ich musste mich wirklich strecken, um auf eines der Schaukelpferdchen zu kommen. Dies war aber noch lange kein Grund mich so rüde zu beschimpfen, wie es der Freizeitparkmitarbeiter meinte. Ich hörte mir sein Geplärr ein wenig an und versuchte gleichzeitig mit einem Bein über das Holzpferd zu gelangen. Meine Tochter lachte seit langem mal wieder richtig herzhaft, als sie mir dabei zusah.

„Ja Du bläder Depp, kannst net lesen? Des is bis zehn Jahre!", schallte es mir entgegen und roch dabei den abgestandenen Atem des Schaustellers. Alles kein Grund zur Aufregung, dachte ich mir und zog auch das andere Bein über den Holzgaul.

„I fahr so net, geh oba Du Hirsch!", rief ein anderer Mitarbeiter durch sein Mikrofon.

„Hüa Hüa, lauf mein Pferdchen!", war die Antwort in Richtung meiner Tochter. Was die zwei Vollkasper meinten war mir nach wie vor egal. Ich wollte Spaß und vor allem mein Kind wieder richtig lachen sehen.

Auch nach fünf Minuten war noch keine Einigung in Sicht. Wir wollten fahren, die zwei netten Herren nicht. Anscheinend hatten sie mit mir die Geduld verloren, denn es erschien die Security und diese packten mich wie einen Demonstranten am Arm und zogen mich aus dem Fahrgeschäft. Das alleine hätte ich ja noch irgendwie verstanden, nur machten sie das Gleiche mit meiner Tochter auch, und da hörte der Spaß endgültig auf.

Die Beschwerden in Richtung der Parkleitung brachten nicht viel. Erst als eine größere Spende meinerseits geflossen war, wurden die zwei Mitarbeiter fristlos entlassen. Aber auch die anderen zwei Karussellheinis sollten nicht ungestraft davonkommen. Bis Mitternacht buchte ich den gesamten Park für uns. Die zwei Vollpfosten mussten die ganze Zeit „Hopp, hopp, hopp, Pferdchen lauf Galopp", durch das Mikro singen. So einen Spaß hatte ich schon lange nicht mehr. Auch meiner Tochter gefiel dieser Ausflug sehr und sie musste nicht immer an ihre kranke Mutter denken.

Kapitel 11. Comeback in Starnberg

Zwei Sachen beschäftigten mich in diesen Tagen. Die Erste war natürlich die Gesundheit meiner Frau. Gott sei Dank erholte sie sich zusehends. „Sie müsste noch eine mehrwöchige Reha antreten, dann käme aber eine vollständige Genesung durchaus in Betracht", meinte der Professor, den ich vor ein paar Tagen noch beschimpfte. Ein Problem schien gelöst zu sein, dass andere musste nun dringend angegangen werden. Ein Haus für meine Familie. Viele hatte ich mir angeschaut, aber keines konnte meinen Ansprüchen genügen. „Ich Arsch, warum habe ich meine kleine, süße Villa verkauft?", fluchte ich beim Durchsuchen der Immobilienanzeigen. Es half alles nichts, ein Anruf bei meiner ehemaligen Maklerin sollte mir Klarheit verschaffen, ob es eventuell wieder zum Verkauf stand.

„Ich weiß, Sie sind immer noch lesbisch, interessiert mich aber auch nicht. Ich will das Haus zurück kaufen!"

War meine schnelle Begrüßung. Ich wollte auf gar keinen Fall, dass sie mich wieder unterbricht.

Nach einigen netten Floskeln berichtete sie mir, dass der jetzige Eigentümer tatsächlich verkaufen möchte, aber garantiert nicht an mich. Weiteren Fluglärm wollte er sich und seiner Familie nicht mehr zumuten.

Eigentlich hätte ich mir das denken können, war aber trotzdem bester Laune. „Es gab wirklich eine reelle Chance auf einen Rückkauf", dachte ich mir beim Ausmalen eines Bildes, das mir meine Kleine während des Telefonats auf den Tisch legte.

„Papa muss mal telefonieren, kannst du bitte mal kurz ruhig sein!", bat ich meine Tochter.

„Danach gehen wir aber Eis essen!", meinte sie trotzig.

„Schatz, hier geht es um dein rosa Pony, das muss auch mal ohne Eis gehen.

Ich nahm mein Handy und verzog mich aufs Klo. Denn ohne das Eis-Versprechen konnte sie mir völliges Stillschweigen nicht zusichern.

Die spanischen Leitungen waren so was von langsam. „Immer dieses Doppel-Tuten, da wird man wahnsinnig", fluchte ich beim Ausdrücken eines Pickels vor dem Badspiegel. Endlich, nach gefühlten zwei Jahren ging doch jemand an das andere Ende der Leitung.

„Na alter Kinderschreck! Alles klar bei dir?", schrie es mir lauthals entgegen.

„Ja Servus, alles gut und selber? Brauche deine Hilfe!"

Ich wollte das Auslandsgespräch kurz halten, hatte schließlich jetzt eine Familie zu ernähren.

„Ich weiß auch nicht wie man Windeln wechselt!"

„Meine Tochter ist fast sechs. Sie besitzt bereits die Fähigkeit aufs Klo zu gehen. Kannst dir bestimmt nicht vorstellen, ist aber so. Du kleiner Wüstenscheißer."

„Um was geht es dann?"

„Setz dich ins Flugzeug und komm her. Muss dir das persönlich sagen!", bat ich ihn.

Er konnte sich angesichts meiner großzügigen Unterstützung der letzten Jahre meiner Bitte nicht entziehen. „Ja, er war genau der Richtige, um als Mittelsmann aufzutreten", dachte ich mir beim Wegwischen des Eiterfleckes auf dem Spiegel.

Das Wiedersehen am Flughafen war schon etwas ganz Besonderes. Das war mein bester und ältester Freund, den ich gerade in die Arme nahm. Wie früher, als wir noch gemeinsam die Nächte durchzechten, unterhielten wir uns in meinem Hotelzimmer. Ich steckte ihm, um was es ginge, er sagte mir seine Unterstützung zu. Wir mussten den Alten nur davon überzeugen, dass er der geeignetste Käufer war. Ich wollte dieses Haus wieder haben, koste es was es wolle.

Am nächsten Morgen sollte es auch schon losgehen. Der erste Besichtigungstermin war ausgemacht und vielleicht konnte ich schon am Nachmittag das Häuschen wieder mein Eigen nennen. Er zupfte sich seine Haare noch am Gangspiegel zurecht und wollte gerade das Zimmer verlassen, da schrie ich ihn an.

„Du willst aber so nicht gehen, oder?"

„Ja doch schon, warum nicht?"

„Deine Hose, schau dir die mal an!"

„Warum? Was ist mit meiner Hose? Was passt denn dem Herrn Spießer nicht?"

„Das hat damit nichts zu tun. Die stinkt und zwar nach Hundescheiße!"

Er roch selber daran und musste mir Recht geben. In der Umgebung, in der er sich sonst aufhielt, rochen alle so. Deshalb wäre ihm das nicht aufgefallen, meinte er entschuldigend.

„So kannst du nicht gehen. Der verkauft dir noch nicht mal ein Eis, geschweige denn eine Villa!", meinte ich beim Anrufen des hoteleigenen Schneiders. In Windeseile verpasste er ihm ein neues Outfit. So konnte das Projekt „Zurückkauf" endlich starten.

„Papa, hier riecht es so komisch!", war der morgendliche Gruß meiner Tochter, als sie endlich aufwachte.

„Ja der Onkel aus Spanien ist da. Genau das passiert, wenn man sich nicht regelmäßig wäscht!"

So schnell war noch nie eine Sechsjährige in das Badezimmer verschwunden und machte das, worum ich sie immer verzweifelt bat.

Die Stunden zogen ins Land und immer noch war kein Lebenszeichen von meinem Freund zu vermelden. Konnte er den Alten davon überzeugen, dass er der richtige Käufer wäre? Ich hielt es nicht mehr aus. Ich musste einfach Klarheit haben, schließlich war der Umzugswagen schon gebucht. Etwas übereilt, aber doch voller Hoffnung, wagte ich diesen Schritt bereits.

„Was ist jetzt?", war meine eilige Begrüßung, als er endlich an sein Handy ging.

„Ja nix!"

„Was nix?"

„Ich glaub, das wird nichts! Der hat schon einen anderen Käufer", gab er mir kleinlaut bekannt.

„Wie, Was, Wer?", ich wollte alles und auch sofort hören.

Nach einer kleinen Verschnaufpause, die ich ihm widerwillig gewährte, erzählte er mir, dass ein weiterer Nachbar das Haus kaufen möchte. Die Beiden wären schon handelseinig, nur der Notar-Termin stünde noch an.

„Welcher Nachbar?", fragte ich forsch nach.

„Der links von dir!"

„Der alte Sack? Der mag mich genauso wenig. Dem habe ich damals seinen Wettergockel vom Dach geholt. Scheiße!"

Ich sah meine Chancen schwinden, um wieder an mein altes Haus zu kommen. „Ok, ihr habt gewonnen und ich habe verloren. Gratuliere!", sprach ich leise und sah mir alte Fotos von meiner Villa an. Der Hubschrauberplatz war echt der Hammer und meine legendären Schaumpartys erst.

„Wer ist denn das?", fragte mich mein Kumpel und riss mir ein Bild aus der Hand.

Das Foto zeigte den neuen Eigentümer meiner Hütte, mit einer meiner Damen, die ihn gerade einseifte. Das wiederum war noch nicht das Fatale, doch diese Dame war fast nackt und hatte einen mordsmäßigen Spaß, weil seine Hand gerade an ihrem Busen war.

„Der ist doch verheiratet!", schoss es mir durch den Kopf.

„Ja klar!", mit dieser borstigen Alten, die mich nie gegrüßt hatte. Bingo!!! Das Glück schien zurückzukommen. Sofort rief ich den Hotelpagen, er sollte eine Kopie von diesem Bild machen und umgehend per Kurier verschicken. „Bin mal gespannt, was er mir für ein Angebot macht?", lachte ich aus vollem Herzen und ging erst mal mit meiner Tochter ein Eis essen. Und tatsächlich, als ich gerade vom Eisbecher Pinocchio die lange Nase entsorgen musste, klingelte mein Handy.

„Was wollen Sie, verdammt?!"

„Ich gar nichts! Sie haben doch angerufen?", antwortete ich leicht arrogant.

„Ok, habe schon Wind davon bekommen, dass Sie wieder herziehen wollen. Das können Sie vergessen. Keiner will Sie hier haben!"

„Kein Problem! Massimo, schick den zweiten Umschlag weg!", schrie ich in Richtung meiner Tochter. Etwas verständnislos schaute sie mich schon dabei an. Sie war gerade dabei Pinocchio die Augen auszustechen.

„Scheiße, Scheiße, Scheiße!", hörte ich am anderen Ende laut rufen.

„Ok! Ich verkauf es Ihnen, unter einer Bedingung. Kein Hubschrauber mehr."

„Kein Problem, brauch ich eh nicht mehr. Jetzt kommt eher ein rosa Pony"!

Bei diesem Wort blickte auch meine Tochter kurz auf und ließ Pinocchio in Ruhe. Der Arme war bereits so bearbeitet, dass er eher als „Biene Maja auf Koks" durchging.

Es war mein absoluter Glückstag. An einem schönen warmen Sommertag, mit der eigenen Tochter Pinocchio zu vergewaltigen, mein Haus wieder zurückzubekommen und zu guter Letzt der Anruf meiner Frau, in dem sie mir erzählte, dass ein baldiger Abschied aus der Reha nahte. Das musste gefeiert werden!!

Kapitel 12. Hochzeit

Rotzbesoffen schwärmte ich über meine Frau. Wie toll sie doch wäre, wie schön und warmherzig. Mein Kumpel konnte es schon nicht mehr hören und versuchte verzweifelt sich von mir zu lösen, als ich ein weiteres Loblied anstimmen wollte.

„Pass ma auf. Ist echt cool was du da sagst. Es freut mich wahnsinnig für euch, aber hast du eines schon bedacht?"

„An was gedacht?", lallte ich ihn an und wollte gerade wieder loslegen.

„Du bist mit ihr gar nicht mehr verheiratet. Ihr habt euch scheiden lassen!"

„Ach Schmarrn! Das war doch damals nur so ein Spaß!", lachte es aus mir heraus.

„Mann Alter, du bist geschieden!! GESCHIEDEN!"

„Jetzt echt, oder?"

Irgendwie konnte ich mich schon noch erinnern. Da war was, damals im Familiengericht. Aber was genau, wusste ich nach drei Flaschen Rotwein nicht mehr so genau. Ich wollte dieses Thema erst am nächsten Tag besprechen. So begann ich ein weiteres Loblied auf meine Frau einzusingen.

Ich konnte es drehen und wenden wie ich wollte. Schwarz auf weiß stand es auf der Scheidungsurkunde. Geschieden!! Aber wie versuchte ich es meiner Tochter immer beizubringen? Fehler dürfen passieren, sie müssen nur wieder korrigiert werden.

Da ich meinen Kumpel hier nicht mehr brauchte, durfte er auch wieder in sein heiliges Spanien, um seine Tiere zu retten. Genug Kohle hatte er ja bereits damals von mir bekommen und so musste ich nicht schon wieder aushelfen. Beim Einchecken kam mir eine grandiose Idee. Er müsste mir helfen und so gab ich ihm noch einige Instruktionen mit auf den Weg, die er auch so befolgen sollte.

Die nächsten Wochen verbrachte ich damit mein Comeback in Starnberg zu feiern. Trotz aller Bemühungen konnte ich Pippi Langstrumpf und Biene Maja nicht dazu überreden, an unserer Einweihungsfeier teilzunehmen. Madonna hatte zwar Zeit, die wollte ich aber nicht mehr. Trotzdem fühlte sich meine Tochter in ihrem neuen zu Hause pudelwohl, was sicherlich auch daran lag, dass ein rosa Pony genau da graste, wo früher mein Hubschrauberlandeplatz war.

~ 132 ~

Alles lief ausgesprochen gut, bis auf die Tatsache, dass immer noch meine Frau fehlte, bzw. Ex-Frau, so wie es mir unsanft mitgeteilt wurde. Ich wollte diese Frau unbedingt wieder heiraten, sie mich auch. Das wusste ich zwar nicht ganz genau, aber welche Frau wollte mich nicht? Außerdem war sie die Mutter meiner Tochter, das alleine war schon ein Grund. Diese Ansicht vertrat ich wenigstens.

Was braucht man unbedingt nach einem langen Krankenhausaufenthalt mit anschließender Reha? Genau! Urlaub. Genau aus diesem Grund machte ich mich auch auf den Weg zu dem Reisebüro meines Vertrauens. Diesmal wurde nicht übereilt der Geschäftsbetrieb eingestellt, sondern sich erst mal meine Wünsche angehört. Kein Sprengen des Great Barrier Reef, kein Verhüllen der Freiheitsstatue oder sonstiger Scheiß waren meine Wünsche. Nur ein ganz normaler Linienflug nach Spanien war mein Anliegen. Dementsprechend schlecht war auch ihre Laune beim Ausstellen der Tickets, was mir wiederum scheißegal war. Ich hatte das was ich brauchte und machte mich zugleich auf den Weg. Es war der Weg, den ich seit Wochen gehen wollte, der zu meiner Frau. Sie wurde endlich aus der Reha entlassen und wartete bereits ungeduldig vor dem Eingang.

„Eher heiratet der Papst einen Schwulen, als dass du mal pünktlich kommst!", zischte sie mich mit einem Augenzwinkern an. Sie wusste genau so gut wie ich, dass dies der Anfang eines neuen glücklichen Lebens war.

„Mir doch egal, wen der Papst heiratet. Hauptsache deine Blutkörperchen machen das, was sie auch sollen, richtig arbeiten."

Da standen wir nun. Meine Tochter, meine Frau und ich gemeinsam vereint vor der Klinik. Nicht nur das. Wie aus dem Nichts erschien ihre beste Freundin, mein bester Kumpel, sämtliche Freunde und Verwandte. Aus den Lautsprechern meines Autos erklangen die ersten Töne von Westernhagens „Weil ich Dich liebe". Es war Zeit um die Hand meiner Frau anzuhalten.

„Schatz, ich weiß es ist dein sehnsüchtigster Wunsch mich zu heiraten, darum wollte ich dir diesen erfüllen. Magst du mich ehelichen?"

„Ja, du Arsch, das will ich!", war ihre Antwort mit Tränen in den Augen.

„Gott sei Dank!", flüsterte ich ihr ins Ohr, sonst hätte der Standesbeamte den Weg umsonst gemacht.

~ 134 ~

Einiges konnte man mir in den letzten Jahren nachsagen, nicht aber, dass ich ein gewisses Talent für Spontanpartys hatte……

Informationen zu weiteren Büchern unter:

thomas-tschuesikowski.jimdo.com

Herstellung und Verlag:
BoD - Books on Demand, Norderstedt
ISBN 978-3-7322-6216-8